龍榆生 選編

近三百年名家詞選

廣陵書社
中國·揚州

圖書在版編目（CIP）數據

近三百年名家詞選 / 龍榆生選編. -- 揚州 : 廣陵書社, 2024.6
（國學經典叢書）
ISBN 978-7-5554-2294-5

Ⅰ. ①近… Ⅱ. ①龍… Ⅲ. ①詞(文學)－作品集－中國－明代-民國 Ⅳ. ①I222.8

中國國家版本館CIP數據核字(2024)第108030號

書　　名　近三百年名家詞選
選 編 者　龍榆生
責任編輯　孫語婧
出 版 人　劉　棟
裝幀設計　鴻儒文軒

出版發行　廣陵書社
揚州市四望亭路 2-4 號　郵編:225001
(0514) 85228081(總編辦)　85228088(發行部)
http://www.yzglpub.com　E-mail:yzglss@163.com
印　　刷　三河市華東印刷有限公司

開　　本　880 毫米×1230 毫米　1/32
印　　張　12.125
字　　數　120 千字
版　　次　2024 年 6 月第 1 版
印　　次　2024 年 6 月第 1 次印刷
書　　號　ISBN 978-7-5554-2294-5
定　　價　68.00 圓

編輯説明

自上世紀九十年代末始，我社陸續編輯出版一套綫裝本中華傳統文化普及讀物，名爲《文華叢書》。編者孜孜矻矻，兀兀窮年，歷經二十餘載，聚爲上百種，集腋成裘，蔚爲可觀。叢書以内容經典、形式古雅、編校精審，深受讀者歡迎，不少品種已不斷重印，常銷常新。

國學經典，百讀不厭，其中蘊含的生活情趣、生命哲理、人生智慧，以及家國情懷、歷史經驗、宇宙真諦，令人回味無窮，啓迪至深。爲了方便讀者閲讀國學原典，更廣泛地普及傳統文化，特于《文華叢書》基礎上，重加編輯，推出《國學經典叢書》。

本叢書甄選國學之基本典籍，萃精華于一編。以内容言，所選均爲家喻户曉的經典名著，涵蓋經史子集，包羅詩詞文賦、小品蒙書，琳琅滿目；以篇幅言，每種規模不大，或數種彙于一書，便于誦讀；以形式言，採用傳統版式，字大文簡，賞心悦目；以編輯言，力求精擇良善版本，細加校勘，注重精讀原文，偶作簡明小注，或酌配古典版畫，體現編輯的匠心。

當下國學典籍的出版方興未艾，品質參差不齊。希望這套我社經年打造的品牌叢書，能爲讀者朋友閲讀經典提供真正的精善讀本。

廣陵書社編輯部

二〇二三年三月

出版説明

龍榆生（一九〇二—一九六六），名沐勳，晚年以字行，號忍寒居士、風雨龍吟室主、荒雞警夢室主、籜公。出生於江西萬載，曾任暨南大學、中山大學、中央大學、上海音樂學院教授。詞學成就與夏承燾、唐圭璋並稱，是二十世紀最負盛名的詞學大師之一。主編過《詞學季刊》，編著有《風雨龍吟室詞》《唐宋名家詞選》《近三百年名家詞選》等。

龍榆生師從黃季剛、陳石遺學詩，從朱祖謀修音韻學和詩詞。其詞學論文一變以往詞界評點論詞的形式，對詞的起源、詞的發展、詞的創作、詞的藝術風格及作家、作品進行了全面的探討，重點著眼於唐宋詞，所編《唐宋名家詞選》，取捨之間即代表其詞學主張與審美傾向。對於唐宋以後的詞家和詞作，則有《近三百年名家詞選》。此書收録自晚明至民國三百年間的名家詞作，編輯體例同於新版《唐宋名家詞選》，主要以譚獻《篋中詞》、葉恭綽《廣篋中詞》爲藍本編選。其詞學主張推重蘇辛詞派，選陳維崧詞達三十四首，居入選者之冠，更標出雲間詞派的領袖陳子龍冠首，云：『詞學衰於明代，至子龍出，宗風大振，遂開三百來詞學中興之盛，故特取冠斯編。』在龍榆生之前的諸多詞選讀本，如張惠言《詞選》、周濟《宋四家詞選》、朱祖謀《宋詞三百首》，多注重示人學詞規範，失之過深。龍榆生選詞則注重以獨特的眼光展示整個詞史的風貌，兼顧學術性與可讀性，讓讀者獲得審美享受。

《近三百年名家詞選》始撰於一九三〇年，至一九五六年方才出版。有一九五六年上海古典文學出版社初版、一九六二年中華書局上海編輯所重校版、一九七九年上海古籍出版社重印版。其中一九五六年初版曾選陳曾壽詞二十首，一九六二年重校版删除。我社此次編輯出版《近三百年名家詞選》，即以一九六二年中華書局上海編輯所重校版爲底本，對一些標點和錯别字以及表句豆韻脚的特種標識有所校勘和修改。原書詞家小傳均在其人詞選之後，本版改置於詞前，以便閲讀。

廣陵書社編輯部
二〇二四年六月

目録

凡例

一本編體例，略依《唐宋名家詞選》，各家並綴小傳，間采諸家評語。

二詞家先後，以生年爲主，其不悉生平者，略依科第或交遊爲次。

三本編特種標識，以、表豆，●表句，◎表平韻，△表仄韻。

四本編取材，除諸家專集及其他史傳詞話外，於譚氏《篋中詞》、葉氏《廣篋中詞》採録特多，兩書舊有刊本，可資參閲。

◎陳子龍

陳子龍字卧子，松江華亭人。生有異才，工舉子業，兼治詩、賦、古文，取法魏、晉，駢體尤精妙。崇禎十年（一六三七）進士，選紹興推官，以定亂功擢兵科給事中。命甫下而京師陷，乃事福王於南京。屢進諫，不聽，乞終養去。子龍與同邑夏允彝皆負重名，允彝死，子龍念祖母年九十，不忍割，遁爲僧。尋以受魯王部院職，結太湖兵欲舉事，事露，被獲，乘間投水死。（《明史》本傳。）時爲永曆元年（一六四七），距生萬曆三十六年（一六〇八），年四十。清乾隆間，追謚忠裕。有《陳忠裕全集》，後附詩餘一卷。子龍詞原有《湘真閣》《江蘺檻》兩種，早經散佚。今所傳爲王昶輯本。武進趙氏彙刻明詞，亦曾收入。詞學衰於明代，至子龍出，宗風大振，遂開三百年來詞學中興之盛，故特取冠斯編。

點絳唇 春日風雨有感

滿眼韶華，東風慣是吹紅去。幾番煙霧，只有花難護。　夢裏相思，故國王孫路。春無主。杜鵑啼處。淚染胭脂雨。

浣溪沙 楊花

百尺章臺撩亂飛。重重簾幕弄春暉。憐他飄泊奈他飛。

淡日滾殘花影下，軟風吹送玉樓西。天涯心事少人知。

【評】王士禛曰：不著形相，詠物神境。（《陳忠裕全集》）

訴衷情 春遊

小桃枝下試羅裳，蝶粉鬥遺香。玉輪碾平芳草，半面惱紅妝。

風乍暖，日初長。裊垂楊。一雙無燕，萬點飛花，滿地斜陽。

【評】王士禛曰：弇州謂：『清真能作景語，不能作情語。』至大樽而情景相生，令人有後來之歎。（同前）

謁金門 五月雨

費得罏煙

鶯啼處，摇蕩一天疏雨。極目平蕪人盡去，斷紅明碧樹。無數，只有輕寒難度。忽見西樓花影露，弄晴催薄暮。

【評】鄒祗謨曰：縹緲澹宕，全見用筆之妙。（同前）

畫堂春 雨中杏花

輕陰池館水平橋，一番弄雨花梢。微寒著處不勝嬌，此際魂銷。憶昔青門堤外，粉香零亂朝朝。玉顔寂寞淡紅飄，無那今宵。

【評】王士禛曰：嫣然欲絶。（同前）

醉桃源　題畫

朱闌清影下簾時，泠泠修竹低。滿園空翠拂人衣，流鶯無限啼。蓮葉小，荇花齊，雨餘雙燕歸。紅泉一帶過橋西，香銷午夢微。

【評】鄒祇謨曰：秦、黄佳處，有句可摘，大樽覺無句可摘，總由天才神逸，不許他人掎摭也。（同前）

山花子　春恨

楊柳迷離曉霧中，杏花零落五更鐘。寂寂景陽宫外月，照殘紅。蝶化彩衣金縷盡，蟲銜畫粉玉樓空。惟有無情雙燕子，舞東風。

【評】陳廷焯曰：凄麗近南唐二主，詞意亦哀以思矣。（《白雨齋詞話》卷三）

少年遊 春情

滿庭清露浸花明，攜手月中行。玉枕寒深，冰綃香淺，無計與多情。　奈他先滴離時淚，禁得夢難成。半晌歡娛，幾分憔悴，重疊到三更。

【評】鄒祇謨曰：詞不極情者，未能臻妙如此。朦朧宕折，應稱獨絶。（《陳忠裕全集》）

江城子 病起春盡

一簾病枕五更鐘。曉雲空，捲殘紅。無情春色，去矣幾時逢？添我幾行清淚也，留不住，苦匆匆。　楚宮吴苑草茸茸。戀芳叢，繞遊蜂。料得來年，相見畫屏中。人自傷心花自笑，憑燕子，駡東風。

【評】陳廷焯曰：綿邈淒惻。（《白雨齋詞話》卷三）

右陳子龍詞九首，録自王昶輯木《陳忠裕全集》附《詩餘》。

【集評】沈雄曰：大樽文宗兩漢，詩軼三唐，蒼勁之色，與節義相符。乃《湘真詞》一集，風流婉麗如此。傳稱河南亮節，作字不勝羅綺；廣平鐵石，賦心偏愛梅花。吾於大樽益信。（《明詞綜》引《古今詞話》）王士禛曰：大樽諸詞，神韻天然，風味不盡，如瑤臺仙子獨立卻扇時；而《湘真》一刻，晚年所作，寄意更綿邈淒惻。（《明詞綜》卷六引）

◎李雯

李雯字舒章，江南華亭人，明萬曆三十六年（一六〇八）生。少與陳子龍、宋徵輿齊名，稱『雲間三子』。順治初，廷臣交薦雯才可用，授弘文院撰文、中書舍人，充順天鄉試同考官。以父喪歸，順治四年（一六四七）卒。著有《蓼齋集》，附詞一卷。

菩薩蠻 憶未來人

薔薇未洗胭脂雨，東風不合催人去。心事兩朦朧，玉簫春夢中。　斜陽芳草隔，滿目傷心碧。不語問青山，青山響杜鵑。

【評】譚獻曰：亡國之音。（《篋中詞》一）

虞美人 春雨

簾織斷送荼蘼架，衣潤籠香罷。鷓鴣啼處不開門，生怕落花時候近黃昏。

豔陽慣被東君妒，吹雨無朝暮。絲絲只欲傍妝臺，卻作一春紅淚滿金杯。（《篋中詞》，『妝臺』作『妝樓』，『一春』作『一江』，『金杯』作『金篝』。）

【評】譚獻曰：《九辨》之遺。（《篋中詞》一）

鵲踏枝 落葉

慘碧愁黃無氣力，做盡秋聲，砌滿闌干側。疑是紗窗風雨入，斜陽又送棲鴉急。

不比落花多愛惜，南北東西，自有人知得。昨夜小樓寒四壁，半堆金井霜華白。

【評】譚獻曰：客子畏人。（《篋中詞》一）

風流子 送春（《篋中詞》下有『同芝龕』三字。）

誰教春去也？人間恨何處問斜陽？見花褪殘紅，鶯捎濃緑，思量往事，塵海茫茫。芳心謝，錦梭停舊織，麝月懶新妝。杜宇數聲，覺餘驚夢；碧闌三尺，空倚愁腸。　東君抛人易，回頭處猶是昔日池塘。留下長楊紫陌，付與誰行？想折柳聲中，吹來不盡；落花影裏，舞去還香。難把一樽輕送，多少暄涼。

【評】譚獻曰：同病相憐。（《篋中詞》一）

浪淘沙 楊花

金縷曉風殘，素雪晴翻。爲誰飛上玉雕闌？可惜章臺新雨後，踏入沙間。　沾惹忒無端，青鳥空銜。一春幽夢緑萍間。暗處消魂羅袖薄，與淚輕（《篋中詞》作『偷』）彈。

【評】譚獻曰：哀於墮溷。（《篋中詞》一）

右李雯詞五首，録自《蓼齋詞》。

◎吴偉業

吴偉業字駿公，號梅村，江南太倉人。明萬曆三十七年（一六〇九）生。弱冠，舉崇禎辛未（一六三一）科會試第一，廷試第二，官至少詹事。與馬士英、阮大鋮不合，假歸。清世祖聞其名，力迫入都，累官國子監祭酒。以病乞歸，康熙十年（一六七一）卒。偉業尤長於詩，少時才華豔發，後經喪亂，遂多悲涼之作，論者方之庾信。著有《綏寇紀略》《梅村家藏稿》《梅村詩餘》《秣陵春雜劇》等書。

生查子 旅思

一尺過江山，萬點長淮樹。石上水潺潺，流入青溪去。　六月北風寒，落葉無朝暮。度樾與穿雲，林黑行人顧。

浣溪沙 閨情

斷頰微紅眼半醒，背人驀地下階行。摘花高處賭身輕。細撥熏鑪香繚繞，嫩塗吟紙墨攲傾。慣猜閒事爲聰明。

【評】譚獻曰：本色詞入語。（《篋中詞》一）

臨江仙 逢舊

落拓江湖常載酒，十年重見雲英。依然綽約掌中輕。燈前纔一笑，偷解砑羅裙。薄倖蕭郎憔悴甚，此生終負卿卿。姑蘇城上月黃昏。綠窗人去住，紅粉淚縱橫。

【評】陳廷焯曰：哀豔而超脫，直是坡仙化境。（《白雨齋詞話》卷三）

滿江紅 蒜山懷古

沽酒南徐，聽夜雨江聲千尺。記當年阿童東下，佛貍深入。白面書生成底用？蕭郎裙屐偏輕敵。笑風流北府好談兵，參軍客。　人事改，寒雲白。舊壘廢，神鴉集。儘沙沈浪洗，斷戈殘戟。落日樓船鳴鐵鎖，西風吹盡王侯宅。任黃蘆苦竹打寒潮，漁樵笛。

【評】譚獻曰：躐於稼軒。（《篋中詞》一）

賀新郎 病中有感

萬事催華髮。論龔生天年竟夭，高名難沒。吾病難將醫藥治，耿耿胸中熱血。待灑向西風殘月。剖卻心肝今置地，問華佗解我腸千結。追往恨，倍淒咽。　故人慷慨多奇節。爲當年、沈吟不斷，草間偷活。艾灸眉頭瓜噴鼻，今日須難決絶。早患苦、重來千疊。脱屣妻孥非易事，竟一錢不値何須説！人世事，幾完缺？

【評】陳廷焯曰：《賀新郎》一篇，梅村絶筆也。悲感萬端，自怨自艾。千載下讀其詞，思其人，悲其遇，固與牧齋不同，亦與芝麓輩有别。（《白雨齋詞話》卷三）

右吴偉業詞五首，録自《梅村詩餘》。

【集評】陳廷焯曰：吴梅村詞，雖非專長，然其高處有令人不可捉摸者，此亦身世之感使然。又曰：梅村高者，有與老坡神似處。（《白雨齋詞話》卷三）

◎曹溶

曹溶字秋岳，一字潔躬，號倦圃，浙江秀水人。明萬曆四十一年（一六一三）生。崇禎進士，考選御史。順治初，起用河南道御史，督學順天，累遷户部侍郎，左遷廣東右布政使。遭喪歸里。服除，補山西按察副使，備兵大同。丁憂不復出。康熙中，舉博學鴻詞，以疾辭。薦修《明史》，亦不赴。康熙二十四年（一六八五）卒。家富藏書，工詩詞。朱彝尊纂《詞綜》，即多從其家藏宋人遺集中録出，蓋浙西詞派之先河也。著有《静惕堂詩詞集》。

薄倖 題壁

緑楊絲綰。勒馬處、一程雲棧。慢佇想安排此夜，知入誰家淚眼？試説與、宿雨餐沙，三秋禁斷閑簫管。更止酒新盟，攀花密祝，青鬢偎人不煖。向有限關河裏，偏只見、悲歡聚散。記粉巾鴛字，歌裙鳳縷，尋思誤把歸期緩。不干緣淺。要迷蹤困影，山尖海角填情滿。自歡自惜，莫負風亭月館。

右曹溶詞一首，《静惕堂詞》未載，録自譚氏《篋中詞》。

◎今釋澹歸

今釋澹歸俗姓金氏，名堡，字道隱，浙江杭州人。明崇禎庚辰（一六四〇）進士。戊子（一六四八）詣肇慶，謁永明王，授禮科給事中，抗直不畏强禦。桂林破，薙髮爲僧，住韶州丹霞山寺。《南疆逸史》載其行事頗詳。生於萬曆四十二年（一六一四），康熙十九年（一六八〇）卒，年六十七。所著《徧行堂集》，清初曾刊版行世，旋遭禁燬，丹霞寺亦被其災。往歲予客嶺南，於謝英伯處，獲觀全集四十卷原鈔本，附詞三卷，未刊行，曾録副分載《詞學季刊》。（原鈔《徧行堂詞》，予已捐獻上海圖書館。）武進趙氏擬收入《惜陰堂彙刻明詞》，未果。王昶《明詞綜》録其詞二首，但題今釋，字澹歸，亦未詳其爲誰氏也。

小重山 得程周量民部詩，卻寄

落落寒雲曉不流。是誰能寄語？竹窗幽。遠懷如畫一天秋。鐘徐歇，獨自倚層樓。點點鬢霜稠。十年山水夢，未全收。相期人在別峰頭。閒鷗意，煙雨又扁舟。

滿江紅 大風泊黃巢磯下

激浪輸風，偏絶分乘風破浪。灘聲戰冰霜競冷，雷霆失壯。鹿角狼頭休地險，龍蟠虎踞無天相。問何人喚汝作黃巢？真還謗。雨欲退，雲不放。海欲進，江不讓。早堆垝一笑，萬機俱喪。老去已忘行止計，病來莫算安危帳。是鐵衣著盡著僧衣，堪相傍。

水調歌頭 憶翠巖霽色

好雨正重九，不上海山門。螺巖卻憶絶頂，霽色滿乾坤。少得白衣一箇，贏得翠鬟千疊，羅立似兒孫。獨坐可忘老，何用更稱尊。龍山會，南徐戲，共誰論？古今畫裏，且道還有幾人存？便拂六銖石盡，重見四空天墮，此處不交痕。遠水吞碧落，斜月吐黃昏。

八聲甘州 卧疴初起，將還丹霞，謁別孝山

算軍持頻掛到於今，已是十三年。便龍鍾如許，過頭拄杖，緩步難前。若個喚春歸去，高柳足啼鵑。有得相留戀，也合翛然。況復吟箋寄興，似風吹萍聚，欲碎仍圓。只使君青鬢，霜雪又勾連。歎人間、支新收故，儘飛塵赴海不能填。重相惜，後來還得，幾度相憐？

風流子 上元風雨

東皇不解事，顛風雨、吹轉海門潮。看煙火光微，心灰鳳蠟；笙歌聲咽，淚滿鮫綃。吾無恙，一爐焚柏子，七盌覆松濤。明月尋人，已埋空谷；暗塵

素馨田畔路，當年、夢應有金屋藏嬌。不見漆燈續焰，隨馬，更拆星橋。儘翠繞珠圍，寸陰難駐；鐘鳴漏盡，抔土誰澆？問取門前流水，蔗節生苗。夜夜朝朝。

【評】葉恭綽曰：痛切！（《廣篋中詞》一）

右今釋澹歸詞五首，録自清初丹霞寺原抄本《遍行堂詞》。

◎宋琬

宋琬字玉叔，號荔裳，山東萊陽人。明萬曆四十二年（一六一四）生。順治四年進士，授户部主事，累遷永平兵備道、寧紹台道。族子因宿憾，誣其與聞逆謀，下獄三年。久之得白，流寓吴、越間，尋起四川按察使，康熙十二年（一六七三）卒。琬詩入杜、韓之室，與施閏章齊名，有『南施北宋』之目。著有《安雅堂集》及《二鄉亭詞》，吴廷熹氏收其詞入《石蓮庵山左人詞》中。

蝶戀花 旅月懷人

月去疏簾纔幾尺，烏鵲驚飛，一片傷心白。萬里故人關塞隔，南樓誰弄梅花笛？　蟋蟀燈前欺病客，清影裴回，欲睡何由得？牆角芭蕉風瑟瑟，生憎遮掩窗兒黑。

【評】譚獻曰：憂讒。（《篋中詞》一）

破陣子　關山道中

拔地千盤深黑，插天一綫青冥。行旅遠從魚貫入，樵牧深穿虎穴行。高高秋月明。　半紫半紅山樹，如歌如哭泉聲。六月陰崖殘雪在，千騎宵征畫角清。丹青似李成。（李營丘有《關山圖》。）

右宋琬詞二首，録自《二鄉亭詞》。

◎宋徵輿

宋徵輿字直方，一字轅文，松江華亭人。明萬曆四十六年（一六一八）生。順治進士，官至副都御史。爲諸生時，與陳子龍、李雯等倡幾社，以古學相砥礪。其詩以博贍見長，聲譽亞於子龍。康熙六年（一六六七）卒。著有《林屋詩文稿》。

小重山

春流半繞鳳凰臺。十年花月夜，汎金桮。玉簫嗚咽畫船開。清風起，移櫂上秦淮。

客夢五更回。清砧迎塞雁，渡江來。景陽宮井斷蒼苔。無人處，秋雨落宮槐。

踏莎行

錦幄銷香，翠屏生霧。妝成漫倚紗窗住。一雙青雀到空庭，梅花自落無人處。

回首天涯，歸期又誤。羅衣不耐東風舞。垂楊枝上月華明，可憐獨上銀床去。

【評】譚獻曰：何減馮、韋？（《篋中詞》一）

憶秦娥 楊花

黃金陌，茫茫十里春雲白。春雲白。迷離滿眼，江南江北。

來時無奈珠簾隔，去時著盡東風力。東風力。留他如夢，送他如客。

【評】譚獻曰：身世可憐。（《篋中詞》一）

蝶戀花

寶枕輕風秋夢薄，紅斂雙蛾，顛倒垂金雀。新樣羅衣渾棄卻，猶尋舊日春衫著。　偏是斷腸花不落，人苦傷心，鏡裏顏非昨。曾誤當初青女約，祇今霜夜思量著。

【評】譚獻曰：悱惻忠厚。（《篋中詞》一）

玉樓春 燕

雕樑畫棟原無數，不問主人隨意住。紅襟惹盡百花香，翠尾掃開三月雨。　半年別我歸何處？相見如將離恨訴。海棠枝上立多時，飛向小橋西畔去。

【評】譚獻曰：探喉而出。（《篋中詞》一）

右宋徵輿詞五首，録自《篋中詞》。

◎屈大均

屈大均初名紹隆，字翁山，又字介子，廣東番禺人。明崇禎三年庚午（一六三〇）九月初五日生。初爲諸生，棄去爲浮屠，名今種，字一靈，一字騷餘。中年返初服。工詩，高渾兀奡，與陳恭尹、梁佩蘭並稱『嶺南三大家』。清康熙三十五年丙子（一六九六）五月十六日卒。著有《廣東新語》《道援堂集》等書。其《翁山詩外》末附《騷屑》二卷，有康熙刊本及清季國學扶輪社排印本。武進趙氏《惜陰堂彙刻明詞》題作《道援堂詞》，流傳絶少。王昶《明詞綜》録一靈詞七首，未注明爲屈氏，亦非其傑構也。大均嘗北走燕、趙，慨然有復興明室之志，與一時名俊，酬唱亦多。近人朱孝臧題其詞集云：『湘真老，斷代殿朱明。不信明珠生海嶠，江南哀怨總難平。愁絶庾蘭成。』（《彊邨語業》卷三）於所舉清代諸名家，即以大均冠首，亦足見其傾挹之至矣。

紫萸香慢 送雁

恨沙蓬偏隨人轉，更憐霧柳難青。問征鴻南向，幾時暖返龍庭？正有無邊煙雪，與鮮飆千里，送度長城。向并門少待白首牧羝人，正海上手攜李卿。秋聲，宿定遠驚，愁裏月不分明。又哀笳四起，衣砧斷續，終夜傷情。跨羊小兒争射，恁能到白蘋汀？儘長天遍排人字，逆風飛去，毛羽隨處飄零。書寄未成。

【評】葉恭綽曰：聲情激楚，噴薄而出。（《廣篋中詞》一）

長亭怨 與李天生冬夜宿雁門關作

記燒燭、雁門高處，積雪封城，凍雲迷路。添盡香煤，紫貂相擁夜深語。苦寒如許。難和爾、淒涼句。一片望鄉愁，飲不醉、壚頭駝乳。無處。問長城舊主，但見武靈遺墓。沙飛似箭，亂穿向、草中狐兔。那能使、口北關南，更重作、并州門户？且莫弔沙場，收拾秦弓歸去。

【評】葉恭綽曰：縱横排盪，稼軒神髓。（《廣篋中詞》一）

夢江南 四首

悲落葉，葉落落當春。歲歲葉飛還有葉，年年人去更無人。紅帶淚痕新。

悲落葉，葉落絶歸期。縱使歸來花滿樹，新枝不是舊時枝。且逐水流遲。

清淚好，點點似珠勻。蛺蝶情多元鳳子，鴛鴦恩重是花神。恁得不相親？

紅茉莉，穿作一花梳。金縷抽殘蝴蝶繭，釵頭立盡鳳凰雛。肯憶故人姝？

【評】況周頤曰：『且逐水流遲』五字，含有無限淒惋，令人不忍尋味，卻又不容已於尋味。第三、四首哀感頑豔，亦復可泣、可歌。（《蕙風詞話》五）　葉恭綽曰：一字一淚。（《廣篋中詞》一）

右屈大均詞六首，録自《道援堂詞》。

◎王夫之

王夫之字而農，號薑齋，湖南衡陽人。明萬曆四十七年（一六一九）生。舉崇禎壬午（一六四二）鄉試。曾走桂林，依桂王，圖恢復。旋知事不可爲，遂決計老牖下，浪遊郴、永、漣、邵間，最後歸衡陽之石船山，築土室曰『觀生居』，學者稱船山先生。竄伏窮山，四十餘年，一歲數徙其居，故國之戚，生死不忘。（以上參考李元度《國朝先正事略》卷二十七《經學傳》）清康熙三十一年（一六九二）卒，年七十四。著作至道光、同治間，始傳於世。湘鄉曾氏彙刊爲《船山遺書》三百二十四卷，附《鼓櫂初、二集》及《瀟湘怨詞》。其詞雖音律多疏，而芳悱纏綿，愴懷故國，風格遒上。朱孝臧題云：『蒼梧恨，竹淚已平沈。萬古湘靈聞樂地，雲山韶濩入悽音。字字楚騷心。』（《彊邨語業》卷三）所謂傷心人別有懷抱，真屈子《離騷》之嗣響也！

青玉案 憶舊

桃花春水湘江渡。縱一艇，迢迢去。落日頳光搖遠浦。風中飛絮，雲邊歸雁，盡指天涯路。故人知我年華暮，唱徹灞陵回首句。花落風狂春不住。如今更老，佳期逾杳，誰倩啼鵑訴？

更漏子 本意

斜月橫，疏星炯，不道秋宵真永。聲緩緩，滴泠泠，雙眸未易扃。霜葉墜，幽蟲絮。薄酒何會得醉？天下事，少年心，分明點點深。

清平樂 詠雨

歸禽響暝，隔斷南枝徑。不管垂楊珠淚迸，滴碎荷聲千頃。隨波賺殺魚兒，浮萍乍滿清池。誰信碧雲深處，夕陽仍在天涯？

玉樓春 白蓮

娟娟片月涵秋影，低照銀塘光不定。緑雲冉冉粉初匀，玉露泠泠香自省。荻花風起秋波冷，獨擁檀心窺曉鏡。他時欲與問歸魂，水碧天空清夜永。

蝶戀花 衰柳

爲問西風因底怨？百轉千回，苦要情絲斷。葉葉飄零都不管，回塘早似天涯遠。陣陣寒鴉飛影亂，總趁斜陽，誰肯還留戀？夢裏鵝黃拖錦綫，春光難借寒蟬喚。

惜餘春慢 本意

似惜花嬌，如憐柳懶，前月峭寒深護。從今追數，雨雨風風，總是被他輕誤。便與揮手東風，閑愁拋向，緑陰深處。也應念曲岸數枝新柳，不禁飛絮。

争遣不燒燭留歡，暗邀花住？坐待啼鶯催曙。怕燕子歸來，定巢棲穩，不解商量細語。未擬攀留長久，乍雨乍晴，繇來無據。待荷珠露滿，梅丸黄熟，任伊歸去。

【評】葉恭綽曰：宛轉關情，心灰腸斷。（《廣篋中詞》一）

綺羅香

讀《邵康節遺事》，屬纊之際，聞户外人語，驚問所語云何？且云：『我道復了幽州。』聲息如絲，俄頃逝矣！有感而作。

流水平橋，一聲杜宇，早怕雒陽春暮。楊柳梧桐，舊夢了無尋處。拚午醉、日轉花梢，甚夜闌、風吹芳樹？到更殘、月落西峰，泠然胡蝶忘歸路。關心一絲別罣，欲挽銀河水，仙槎遥渡。萬里閑愁，長怨迷離煙霧。任老眼、月窟幽尋，更無人、花前低訴。君知否？雁字雲沈，難寫傷心句。

【評】葉恭綽曰：纏綿往復，忠厚之遺。（《廣篋中詞》一）

摸魚兒 東洲桃浪(《瀟湘小八景詞》之三)

翦中流白蘋芳草,燕尾江分南浦。盈盈待學春花靨,人面年年如故。留春住,笑幾許浮萍,(《船山遺書》本作『笑浮萍輕狂』,於律未協,兹從《廣篋中詞》所採。)舊夢迷殘絮。棠橈無數。儘泛月蓮舒,留仙裙在,載取春歸去。佳麗地,仙院迢遥煙霧,濕香飛上丹户。醮壇珠斗疏鐙映,共作一天花雨。君莫訴!君不見、桃根已失江南渡。風狂雨妒。便萬點落英,幾灣流水,不是避秦路。

【評】葉恭綽曰:故國之思,體兼騷、辨。船山詞言皆有物,與並時批風抹露者迥殊,知此方可以言詞旨。(《廣篋中詞》一)

蝶戀花 嶽峰遠碧（《瀟湘十景詞》之六）

自衡陽北三十里，至湘潭南六十里，嶽峰淺碧，宛轉入望。

湘江練。見說隨帆瞻九面，碧藕花開，朵朵波心現。曉月漸飛金碧顫，晶光返射深深未許人間見。誰遣迷雲生絶巘？蒼水仙蹤，霧鎖靈文篆。帝女修眉愁不展，

蝶戀花 銅官戍火（《瀟湘十景詞》之八）

銅官浦在長沙北三十里。蘆汀遠岸，水香生於始夜。漁鐙戍火，依微暮色間，如寒星映水。

打鼓津頭知野戍，萬里歸舟，認得雲中樹。日落長沙天已暮，寒煙獵火中原路。何處停橈深夜語？江黑雲昏，莫向天涯去。舊是杜陵飄泊處，登山臨水傷心句。

蝶戀花

君山浮黛（《瀟湘十景詞》之十）

湖光極目，至君山，始見一片青芙蓉，浮玻璃影上。自此出洞庭，與江水合。謝朓所云『大江流日夜，客心悲未央』者，於焉始矣。湖南清絶，亦於此竟焉。

渺渺扁舟天一瞬，極目空清，衹覺雲根近。片影參差浮復隱，琉璃净掛青螺印。　憶自嬴皇相借問，堯女含嚬，蘭珮悲荒燐。淚竹千竿垂紫暈，賓鴻不寄蒼梧信。

右王夫之詞十一首，録自《船山遺書》本《鼓櫂初、二集》及《瀟湘怨詞》。

◎徐燦

徐燦字湘蘋，江蘇長洲人，海寧陳之遴妻。之遴爲明崇禎進士，官中允。入清，累官弘文院大學士，加少保。坐結黨營私，以原官發遼陽居住。尋召還，以賄結内監吴良輔論斬，免死流徙，卒於徙所。燦善屬文，並精書、畫。填詞得北宋風格。著有《拙政園詩餘》。南陵徐氏收入《小團欒室彙刻閨秀詞》中。朱孝臧題云：『雙飛翼，悔殺到瀛洲。詞是易安人道韞，可堪傷逝又工愁？腸斷塞垣秋。』（《彊邨語業》卷三）蓋深惜之也。

踏莎行

芳草纔芽，梨花未雨。春魂已作天涯絮。晶簾宛轉爲誰垂？金衣飛上櫻桃樹。　故國茫茫，扁舟何許？夕陽一片江流去。碧雲猶疊舊山河，月痕休到深深處！

【評】譚獻曰：興亡之感，相國愧之。（《篋中詞》五）

永遇樂 病中

翠帳春寒，玉墀雨細，病懷如許。永晝愔愔，黄昏悄悄，金博添愁炷。薄倖楊花，多情燕子，時向瑣窗細語。怨東風、一夕無端，狼藉幾番紅雨。曲闌干，沈沈簾幕，嫩草王孫歸路。短夢飛雲，冷香侵佩，别有傷心處。半煖微寒，欲晴還雨，消得許多愁否？春來也，愁隨春長，肯放春歸去？

【評】譚獻曰：相國加滕墜淵，愆咎自積，此詞殊怨。（《篋中詞》五）

永遇樂 舟中感舊

無恙桃花，依然燕子，春景多别。前度劉郎，重來江令，往事何堪説？近水殘陽，龍歸劍杳，多少英雄淚血！千古恨，河山如許，豪華一瞬抛撖。白玉樓前，黄金臺畔，夜夜只留明月。休笑垂楊，而今金盡，穠李還銷歇。世事流雲，人生飛絮，都付斷猿悲咽。西山在，愁容慘黛，如共人淒切。

【評】譚獻曰：外似悲壯，中實淒咽，欲言未言。（《篋中詞》五）

唐多令 感懷

玉笛壓清秋，紅蕉露未收。晚香殘、莫倚高樓。寒月多情憐遠客，長伴我，滯幽州。小苑入邊愁，金戈滿舊遊。問五湖、那有扁舟？夢裏江聲和淚咽，頻灑向，故園流。

右徐爛詞四首，録自《拙政園詩餘》。

◎彭孫遹

彭孫遹字駿孫，號羡門，又號金粟山人，浙江海鹽人。明崇禎四年（一六三一）生。順治己亥（一六五九）進士。康熙己未（一六七九），召試博學鴻詞，以第一人授編修。歷官吏部左侍郎，兼掌院學士。工詩，尤善填詞，爲王士禛所推重。（《先正事略》卷三十九《文苑》）康熙三十九年（一七〇〇）卒。著有《松桂堂集》《延露詞》《金粟詞話》等書。其詞多寫豔情，特工小令，有『吹氣如蘭彭十郎』（朱孝臧《彊邨棄稿》）之目。

生查子 旅夜

薄醉不成鄉，轉覺春寒重。鴛枕有誰同？夜夜和愁共。　夢好卻如真，事往翻如夢。起立悄無言，殘月生西弄。

【評】譚獻曰：唐調。（《篋中詞》一）

柳梢青 感事

何事沈吟？小窗斜日，立遍春陰。翠袖天寒，青衫人老，一樣傷心。十年舊事重尋。回首處、山高水深。兩點眉峰，半分腰帶，憔悴而今。

【評】譚獻曰：不嫌太盡。（《篋中詞》一）

少年遊 席上有贈

花底新聲，尊前舊侶，一醉盡生平。司馬無家，文鴛未嫁，贏得是虛名。當時顧曲朱樓上，煙月十年更。老我青袍，誤人紅粉，相對不勝情。

【評】譚獻曰：自然湊泊。（《篋中詞》一）

臨江仙 遣信

青瑣餘煙猶在握，幾年香冷巾篝。此生爲客幾時休？殷勤江上鯉，清淚濕書郵。　欲向鏡中扶柳鬢，鬢絲知爲誰秋？春陰漠漠鎖層樓。斜陽如弱水，只管向西流。

右彭孫遹詞四首。録自《延露詞》。

【集評】陳廷焯曰：彭羨門詞，意境較厚，但不甚沈著，仍是力量不足。（《白雨齋詞話》卷三）

◎李天馥

李天馥字湘北，號容齋，安徽合肥人。明崇禎八年（一六三五）生。七歲能詩，有神童之目。清順治進士，由庶吉士累擢户部左侍郎，調吏部，以揚清激濁爲己任。官至吏部尚書、武英殿大學士。康熙三十八年（一六九九年）卒，謚文定。著有《容齋集》。

憶王孫 春望

妒春良夜愛春朝，花處紅樓卷絳綃。極目香塵舊板橋。路迢迢，不見歸鞍見柳條。

【評】譚獻曰：人意中語。（《篋中詞》一）

右李天馥詞一首，録自《篋中詞》。

◎孔尚任

孔尚任字聘之，山東曲阜人。清順治五年戊子（一六四八）生。康熙二十三年甲子（一六八四）授國子監博士，累官户部員外郎。五十七年戊戌（一七一八）卒。博學有文名，通音律，撰《闕里新誌》，著有《岸塘文集》《湖海詩集》《會心録》等書。尤以《桃花扇傳奇》最負盛名，與洪昇《長生殿》並稱，一時有『南洪北孔』之目。

鷓鴣天

院静廚寒睡起遲，秣棱人老看花時。城連曉雨枯陵樹，紅帶春潮壞殿基。傷往事，寫新詞。客愁鄉夢亂如絲。不知煙水西村舍，燕子今年宿傍誰？

【評】譚獻曰：哀於『麥秀』。（《篋中詞》一）

右孔尚任詞一首，録自《桃花扇傳奇》。

◎毛奇齡

毛奇齡字大可，又名甡，字初晴，學者稱西河先生，浙江蕭山人。明天啟三年（一六二三）生。清康熙十七年（一六七八）舉博學鴻詞，授翰林院檢討，預修《明史》。告歸，康熙五十五年（一七一六）卒。著書數百卷。精音律，工詩詞，有《毛檢討詞》傳世，收入《西河全集》。（參閲《國朝先正事略》卷三十二《經學傳》）朱孝臧題云：『争一字，鵝鴨惱春江。脱手居然新樂府，曲中亦自有齊梁。不忍薄三唐。』（《彊邨語業》卷三）奇齡小令學《花間》，兼有南朝樂府風味，在清初諸作者，又爲生面獨開也。

荷葉杯

五月南塘水滿△，吹斷△，鯉魚風◎。小娘停櫂濯纖指△，水底△，見花紅◎。

浪淘沙

杉木爲簰竹作簷◎，江潮能苦雨能甜◎。連朝只飲簷頭雨●，翻道江潮錯著鹽◎。

南鄉子

藤菜暖●，荔枝乾◎，青蛉河畔碧魚餐◎。頗絞桄榔皮裹肉△，炊烏木△，暫與小郎充晚腹△。

長相思 二首

長相思●，在春晚△。朝日曈曈熨花暖△。黃鳥飛●，綠波滿△。雀粟銜素璫●，蛛絲斷金翦△。欲著別時衣●，開箱自展轉△。

長相思●，在秋節△。複斗垂垂怨蜻蛚△。錦紋砧●，素絲鑷△。夢苦見參星●，闗深落榆葉△。欲識夫婿寒●，花階映微雪△。

相見歡

花前顧影粼粼，水中人。水面殘花片片繞人身。　私自整，紅斜領，茜兒巾。卻訝領間巾裏刺花新。

南柯子

淮西客舍接得陳敬止書，有寄

驛館吹蘆葉，都亭舞柘枝。相逢風雪滿淮西，記得去年殘燭照征衣。　曲水東流淺，盤山北望迷。長安書遠寄來稀，又是一年秋色到天涯。

【評】譚獻曰：北宋句法。（《篋中詞》一）

右毛奇齡詞七首，録自《毛翰林詞》。

【集評】陳廷焯曰：西河經術湛深，而作詩卻能謹守唐賢繩墨，詞亦在五代、宋初之間，但造境未深，運思多巧；境不深尚可，思多巧則有傷大雅矣。（《白雨齋詞話》卷三）

◎陳維崧

陳維崧字其年，號迦陵，江蘇宜興人。以明天啟五年（一六二五）生。父貞慧，明末著氣節。維崧少負才名，冠而多鬚，浸淫及顴準，陳髯之名滿天下。嘗客如皋冒氏水繪園，主人愛其才，進聲伎適其意。康熙己未（一六七九），召試鴻詞科，由諸生授檢討，纂修《明史》，時年五十四。越四年（一六八二）卒於官。工駢文及詞，嘗與朱彝尊合刊所作曰《朱陳村詞》，傳世有《湖海樓詩文詞全集》。（《國朝先正事略》卷三十九《文苑》）

其弟宗石序其詞集云：『方伯兄少時，值家門鼎盛，意氣橫逸，謝郎捉鼻，麈尾時揮，不無聲華裙屐之好，故其詞多作旖旎語。迨中更顛沛，饑驅四方。或驢背清霜，孤篷夜雨；或河梁送别，千里懷人；或酒旗歌板，鬚髯奮張；或月榭風廊，肝腸掩抑。一切詼諧狂嘯，細泣幽吟，無不寓之於詞。甚至里語巷談，一經點化，居然典雅，真有意到筆隨，春風物化之妙。蓋伯兄中年始學爲詩餘，晚歲尤好不厭，或一日得數十首，或一韻至十餘闋，統計小令、中調、長調共得四百一十六調，共詞一千六百二十九闋。先是京少有《天藜閣迦陵詞刻》，猶屬未備，今乃盡付梓人。自唐、宋、元、明以來，從事倚聲者，未有如吾伯兄之富且工也。』近人朱孝臧題云：『迦陵韻，哀樂過人多。跋扈頗參青兕意，清揚恰稱紫雲歌。不管秀師訶。』（《彊邨語業》卷三）維崧詞具有創作天才，固宜其不爲前人所囿矣。

醉太平 江口醉後作

鍾山後湖，長干夜烏。齊臺宋苑模糊，剩連天緑蕪。　估船運租，江樓醉呼。西風流落丹徒，想劉家寄奴。

點絳唇 夜宿臨洺驛

晴髻離離，太行山勢如蝌蚪。稗花盈畝，一寸霜皮厚。　趙魏燕韓，歷歷堪回首。悲風吼，臨洺驛口，黃葉中原走。

卜算子 阻風瓜步

風急楚天秋，日落吴山暮。烏桕紅梨樹樹霜，船在霜中住。　極目落帆亭，側聽催船鼓。聞道長江日夜流，何不流儂去？

好事近 夏日史蘧庵先生招飲，即用先生喜余歸自吴閶過訪原韻

分手柳花天，雪向晴窗飄落。轉眼葵肌初繡，又紅欹欄角。别來世事一番新，只吾徒猶昨。話到英雄失路，忽涼風索索。

清平樂 夜飲友人别館，聽年少彈三絃

簷前雨罷，一陣淒涼話。城上老烏啼啞啞，街鼓已經三打。漫勞醉墨紗籠，且娱别院歌鐘。怪底燭花怒裂，小樓吼起霜風。

南鄉子 邢州道上作

秋色冷并刀，一派酸風卷怒濤。並馬三河年少客，粗豪，皂櫟林中醉射雕。殘酒憶荆高，燕趙悲歌事未消。憶昨車聲寒易水，今朝，慷慨還過豫讓橋。

虞美人 無聊

無聊笑撚花枝説，處處鵑啼血。好花須映好樓臺，休傍秦關蜀棧戰場開。

倚樓極目添愁緒，更對東風語：好風休簸戰旗紅，早送鯖魚如雪過江東。

醉落魄 詠鷹

寒山幾堵，風低削碎中原路。秋空一碧無今古。醉袒貂裘，略記尋呼處。

男兒身手和誰賭？老來猛氣還軒舉。人間多少閑狐兔？月黑沙黄，此際偏思汝。

【評】陳廷焯曰：聲色俱厲，較杜陵『安得爾輩開其群，驅出六合梟鸞分』之句，更爲激烈。（《白雨齋詞話》卷三）

夜遊宫 秋懷四首

耿耿秋情欲動，早噴入、霜橋笛孔。快倚西風作三弄。短狐悲，瘦猿愁，啼破冢。

碧落銀盤凍，照不了、秦關楚隴。無數蛩吟古磚縫。料今宵，靠屏風，無好夢。

秋氣橫排萬馬，盡屯在、長城牆下。每到三更素商瀉。濕龍樓，暈鴛機，迷爵瓦。

誰復憐卿者？酒醒後、槌床悲詫。使氣筵前舞甘蔗。我思兮，古之人，桓子野。

箭與饑鴟競快，側秋腦、角鷹愁態。駿馬妖姬秣燕代。笑吴兒，困雕蟲，矜細欬。

齷齪誰能耐？總一笑、浮雲睚眦。獨去爲傭學無賴。圯橋邊，有猿公，期我在。一派明雲薦爽，秋不住、碧空中響。如此江山徒莽蒼。伯符耶？寄奴耶？嗟已往。十載羞廝養，孤負煞、長頭大顙。思與騎奴遊上黨。趁秋晴，蹠蓮花，西嶽掌。

【評】陳廷焯曰：字字精悍，正如干將出匣，寒光逼人。（《白雨齋詞話》卷三）

唐多令 春暮半塘小泊

水榭枕官河，朱欄倚粉娥。記早春、欄畔曾過。關著綠紗窗一扇，吹鈿笛，是伊麽？ 無語注橫波，裙花信手搓。悵年光、一往蹉跎。賣了杏花挑了茶，春縱好，已無多。

師師令 汴京訪李師師故巷

宣和天子，愛微行坊市。有人潛隱小屏紅，低唱道香橙纖指。夜半無人鶯語脆，正綠窗風細。如今往事消沈矣！悵暮雲千里。含情試問舊倡樓，奈門巷條條相似。頭白居人隨意指，道斜陽邊是。

過澗歇 顯德寺前看楓葉

嵐翠濃於草鞋夾，繞坡細流，瀿瀿暗通苕霅。谷聲還。下落亂泉聲裏，愀悄如相答。此間景，純得關仝巨然法。寺松三百本，雨溜蒼皮，霜雕黛甲，禿幹爭攲壓。笑語同遊，黃葉鳴簷，丹楓裏寺，如何不荷埋身鍤？

鵲踏花翻　春夜聽客彈琵琶，作《隋唐平話》

雨滴梅梢，雪消蕙葉，入春難得今宵暇。倩他銀甲凄清，鐵撥縱橫，聲聲迸碎鴛鴦瓦。依稀長樂夜烏啼，分明溢浦鄰船話。腕下，多少孤城戰馬，一時都作哀湍瀉。今日黑闥營空，尉遲杯冷，落葉浮清灞。百年青史不勝愁，兩行銀燭空如畫。

滿江紅　秋日經信陵君祠

席帽聊蕭，偶經過、信陵祠下。正滿目、荒臺敗葉，東京客舍。九月驚風將落帽，半廊細雨時飄瓦。柏初紅、偏向壞牆邊，離披打。今古事，堪悲詫。身世恨，從牽惹。倘君而尚在，定憐余也。我詎不如毛薛輩，君寧甘與原嘗亞？歎侯嬴、老淚苦無多，如鉛瀉。

【評】陳廷焯曰：慨當以慷，不嫌自負。如此弔古，可謂神交冥漠。（《白雨齋詞話》卷三）

水調歌頭 詠美人鞦韆

昨夜湔裙罷，今日意錢回。粉牆正亞朱户，其外有銅街。百丈同心綵索，一寸雙文畫板，風颭繡旗開。低約腰間素，小摘鬢邊牌。翩然上，掠緑草，拂蒼苔。粉裙欲起未起，弄影惜身材。忽趁臨風回鶻，快作點波新燕，糝落一庭梅。向晚半輪玉，隱隱照遺釵。

夏初臨 本意（癸丑三月十九日，用明楊孟載韻）

中酒心情，拆綿時節，瞢騰剛送春歸。一畝池塘，緑陰濃觸簾衣。柳花攪亂晴暉，更晝梁玉翦交飛。販茶船重，挑筍人忙，山市成圍。驀然卻想，三十年前，銅駝恨積，金谷人稀。劃殘竹粉，舊愁寫向闌西。惆悵移時，鎮無聊、掐損薔薇。許誰知？細柳新蒲，都付鵑啼。

【評】譚獻曰：故家喬木，語自不同。（《篋中詞》一）

念奴嬌 讀屈翁山詩，有作

靈均苗裔，羡十年學道，匡廬山下。忽聽簾泉飈冷瀑，豪氣軼於生馬。亟跳三邊，橫穿九塞，開口談王霸。軍中毬獵，醉縱諸將遊射。提罷匕首入秦，不禁忍俊，縹緲思登華。白帝祠邊三尺雪，正值玉姜思嫁。笑把嶽蓮，亂拋博箭，調弄如花者。歸而偕隱，白羊瑤島同跨。

琵琶仙 泥蓮庵夜宿，同子萬弟與寺僧閒話（庵外白蓮數畝）

倦客心情，況遇著、秋院擣衣時節。惆悵側帽垂鞭，凝情佇寥泬。三間寺、水窗斜閉，一聲磬、林香暗結。且啜茶瓜，休論塵世，此景清絕。詢開士、杖錫何來？奈師亦江東舊狂客。惹起南朝零恨，與疏鐘嗚咽。有多少、西窗閒話，對禪床、翦燭低説。漸漸風弄蓮衣，滿湖吹雪。

水龍吟 秋感

夜來幾陣西風，匆匆偷換人間世。淒涼不爲，秦宮漢殿，被伊吹碎。祗恨人生，些些往事，也成流水。想桃花露井，桐英永巷，青驄馬，曾經繫。光景如新宛記，記瑶臺、相逢姝麗。微煙淡月，回廊複館，許多情事。

今日重遊，野花亂蝶，迷濛而已。願天公還我，那年一帶，玉樓銀砌。

齊天樂 遼后妝樓

洗妝樓下傷情路，西風又吹人到。一綹山鬟，半梳苔髮，想像新興鬧掃。塔鈴聲悄，說不盡當年，月明花曉。人在天邊，軸簾遥閃茜釵小。如今頓成往事，回心深院裏，也長秋草。上苑雲房，官家水殿，慣是蕭娘易老。紅顏懊惱，與建業蕭家，一般殘照。惹甚閑愁？且歸斟翠醥。

尉遲杯 許月度新自金陵歸，以《青溪集》示我，感賦

青溪路，記舊日年少嬉遊處。覆舟山畔人家，麾扇渡頭士女。水花風片，有十萬珠廉夾煙浦。泊畫船柳下樓前，衣香暗落如雨。聞說近日臺城，

剩黄蝶濛濛，和夢飛舞。緑水青山渾似畫，只添了、幾行秋戍。三更後、盈盈皓月，見無數精靈含淚語。想胭脂井底嬌魂，至今怕説擒虎。

沁園春 贈別芝麓先生，即用其題《烏絲詞》韻

四十諸生，落拓長安，公乎念之！正戟門開日，呼余驚座；燭花滅處，目我于思。古説感恩，不如知己，卮酒爲公安足辭？吾醉矣！纔一聲河滿，淚滴珠徽。　昨來夜雨霏霏，歎如此狂飆世所稀。恰山崩石裂，其窮已甚；獅騰象踏，此景尤奇。我賦將歸，公言小住，歸路銀濤百丈飛。氍毹暖，趁銅街似水，賡和無題。

歸去來兮，竟別公歸，輕帆早張。看秋方欲雨，詩争人瘦；天其未老，身

與名藏。禪榻吹簫，妓堂説劍，也算男兒意氣揚。真愁絶，卻心憂似月，鬢禿成霜。新詞填罷蒼涼，更暫緩臨歧入醉鄉。況僕本恨人，能無刺骨；公真長者，未免霑裳。此去荆谿，舊名罨畫，擬繞蕭齋種白楊。縱今後，莫逢人許我，宋豔班香。

沁園春

題徐渭文《鍾山梅花圖》，同雲臣、南耕、京少賦

十萬瓊枝，矯若銀虬，翩如玉鯨。正困不勝煙，香浮南内；嬌偏怯雨，影落西清。夾岸亭臺，接天歌板，十四樓中樂太平。誰争賞？有珠璫貴戚，玉佩公卿。如今潮打孤城，只商女船頭月自明。歎一夜啼烏，落花有恨；五陵石馬，流水無聲。尋去疑無，看來似夢，一幅生綃淚寫成。攜此卷，伴水

天閒話，江海餘生。

【評】陳廷焯曰：情詞兼勝，骨韻都高，幾合蘇、辛、周、姜爲一手。（《白雨齋詞話》卷三）

賀新郎 秋夜呈芝麓先生

擲帽悲歌發。正倚幌、孤秋獨眺，鳳城雙闕。一片玉河橋下水，宛轉玲瓏如雪。其上有、秦時明月。我在京華淪落久，恨吳鹽只點離人髮。家何在？在天末。　凭高對景心俱折。關情處、燕昭樂毅，一時人物。白雁橫天如箭叫，叫盡古今豪傑。都只被、江山磨滅。明到無終山下去，拓弓弦渴飲黃麞血。長楊賦，竟何益？

賀新郎 贈蘇崑生

蘇，固始人，南曲爲當今第一。曾與說書叟柳敬亭同客左寧南幕下，梅村先生爲賦《楚兩生行》。

吴苑春如繡。笑野老、花顛酒惱，百無不有。淪落半生知己少，除卻吹簫屠狗。算此外、誰歟吾友？忽聽一聲河滿子，也非關、淚濕青衫透，是鵑血，凝羅袖。

武昌萬疊戈船吼。記當日、征帆一片，亂遮樊口。隱隱柁樓歌吹響，月下六軍搔首。正烏鵲、南飛時候。今日華清風景換，剩淒涼、鶴髮開元叟。我亦是，中年後！

賀新郎 冬夜不寐寫懷，用稼軒、同父倡和韻

已矣何須説。笑樂安、彦昇兒子，寒天衣葛。百結千絲穿已破，磨盡炎風臘雪。看種種、是余之髮。半世琵琶知者少，枉教人、斜抱胸前月。羞再挾，王門瑟。

黄皮袴褶軍裝别。出蕭關、邊笳夜起，黄雲四合。直向李陵臺畔望，多少如霜戰骨。隴頭水、助人愁絶。此意儘豪那易遂？學龍吟、屈煞床頭鐵。風正吼，燭花裂。

賀新郎 伯成先生席上贈韓修齡

韓，關中人，聖秋舍人小阮，流浪東吴，善説平話。

月上梨花午。恰重逢、江潭舊識，喁喁爾汝。絳燭兩行渾不夜，添上三通

畫鼓。說不盡、殘唐西楚。話到英雄兒女恨，綠牙屏驚醒紅鸚鵡。雕籠內，淚如雨。一般懷抱君尤苦。家本在、扶風盩厔，五陵佳處。漢闕唐陵回首望，渭水無情東去。剩短蠟、聲聲訴與。繡嶺宮前花似血，正秦川公子迷歸路。重酌酒，盡君語。

賀新郎 緯夫詞

戰艦排江口。正天邊、真王拜印，蛟螭蟠鈕。徵發櫂船郎十萬，列郡風馳雨驟。歎閭左、騷然雞狗。里正前團催後保，盡纍纍、鎖繫空倉後。捽頭去，敢搖手？　稻花恰稱霜天秀。有丁男、臨歧訣絕，草間病婦。此去三江牽百丈，雪浪排檣夜吼。背耐得、土牛鞭否？好倚後園楓樹下，向叢祠亟倩巫澆酒。

神祐我，歸田畝。

賀新郎 贈何生鐵

鐵，小字阿黑，鎮江人，流寓泰州，精詩畫，工篆刻。

鐵汝前來者！曷不學雀刀龍笛，騰空而化？底事六州都鑄錯，孤負陰陽爐冶？氣上燭斗牛分野。小字又聞呼阿黑，詎王家處仲卿其亞？休放誕，人笞罵。　蕭疏粉墨營丘畫。更雕鑱漸臺威斗，鄴宮銅瓦。不值一錢噫惜汝？醉倚江樓獨夜。月照到寄奴山下。故國十年歸不得，舊田園總被寒潮打。思鄉淚，浩盈把。

【評】陳廷焯曰：飛揚跋扈，不可羈縛，一味橫霸，亦足雄跨一時。（《白雨齋詞話》卷三）

摸魚兒

家善伯自崇川來，小飲冒巢民先生堂中。聞白生璧雙亦在河下，喜甚，數使趣之。須臾，白生抱琵琶至，撥絃按拍，宛轉作陳、隋數弄，頓爾至致。余也悲從中來，并不自知其何以故也。別後寒燈孤館，雨聲蕭槭，漫賦此詞，時漏已下四鼓矣。

是誰家、本師絕藝？檀槽掐得如許。半彎邏迦無情物，惹我傷今弔古。君何苦！君不見、青衫已是人遲暮。江東煙樹。縱不聽琵琶，也應難覓，珠淚曾乾處。　淒然也！似秋宵掩泣，燈前一對兒女。忽然涼瓦颯然飛，千歲老狐人語。渾無據。君不見、澄心結綺皆塵土。兩家後主，爲一兩三聲，也曾聽得，撇卻家山去。

【評】譚獻曰：拔奇本師長歌之外。（《篋中詞》二）

右陳維崧詞三十四首，録自《湖海樓詞》。

【集評】蔣景祁曰：讀先生之詞，以爲蘇辛、可，以爲周、秦可，以爲温、韋可，以爲《左》《國》《史》、漢、唐、宋諸家之文亦可。蓋既具什伯衆人之才，而又篤志好古，取裁非一體，造就非一詣，豪情豔趁，觸緒紛起，而要皆含咀醖釀而後出，以故履其閾，賞心洞目，接應不暇；探其奥，乃不覺晦明風雨之真移我情。噫其至矣！（《陳檢討詞鈔序》）譚獻曰：錫鬯、其年出，而本朝詞派始成。顧朱傷於碎，陳厭其率，流弊亦百年而漸變。錫鬯情深，其年筆重，固後人所難到。嘉慶以前，爲二家牢籠者十居七八。（《篋中詞》二）陳廷焯曰：國初詞家，斷以迦陵爲巨擘。後人每好揚朱而抑陳，以爲竹垞獨得南宋真脈。嗚呼！彼豈真知有南宋哉？迦陵詞氣魄絶大，骨力絶遒，填詞之富，古今無兩。只是一發無餘，不及稼軒之渾厚沈鬱。然在或初諸老中，不得不推爲大手筆。迦陵詞沈雄後爽，論其氣魄，古今無敵手。若能加以渾厚沈鬱，便可突過蘇、辛，獨步千古，惜哉！蹈揚湖海，一發無餘，是其年短處；然其長處亦在此。蓋偏至之詣，至於絶後空前，亦令人望而卻走，其年亦人傑矣哉！其年諸短調，波瀾壯闊，氣象萬千，是何神勇！（《白雨齋詞話》卷三）

◎朱彝尊

朱彝尊字錫鬯，號竹垞，又號金風亭長、小長蘆釣魚師，浙江秀水人。明崇禎二年（一六二九）生。清康熙己未（一六七九），舉博學鴻詞，授檢討，尋入直南書房，出典江南省試。罷歸後，殫心著述。工詩，與王士禛爲南北二大宗，論者謂王才高而學足以副之，朱學博而才足以運之。康熙四十八年（一七〇九）卒，年八十一。著有《日下舊聞》《經義考》《曝書亭詩文集》等書。（參考《國朝先正事略》卷三十九《文苑》）彝尊選輯唐、五代、宋以來下逮元張翥諸家詞爲《詞綜》，以開浙西詞派，而其淵源所自，蓋出於曹溶（嘉興人）。嘗稱：『余壯日從先生（謂曹溶）南遊嶺表，西北至雲中，酒闌燈灺，往往以小令、慢詞，更迭唱和。有井水處，輒爲銀箏、檀板所歌。念倚聲雖小道，當其爲之，必崇爾雅，斥淫哇，極其能事，則亦以宣昭六義，鼓吹元音。往者明三百祺，詞學失傳，先生搜輯遺集，余曾表而出之。數十年來，浙西填詞者，家白石而户玉田，春容大雅，風氣之變，實由於此。』（《静志居詩話》）於此，亦足略窺其宗旨，及其影響所及。其《曝書亭詞》，自定爲《江湖載酒集》《静志居琴趣》《茶煙閣體物集》《蕃錦集》等四種，有李富孫注本。朱孝臧題云：『江湖老，載酒一年年。體素微妨耽綺語，贪多寧獨是詩篇？宗派浙河先。』（《彊邨語業》卷三）浙派詞以醇雅爲宗，其流弊每致意旨枯寂，視湖海樓一派之叫囂獷悍，厥失維均，而創始者不任其咎也。

高陽臺

吴江葉元禮，少日過流虹橋，有女子在樓上，見而慕之，竟至病死。氣方絶，適元禮復過其門，女之母以女臨終之言告葉，葉入哭，女目始瞑。友人爲作傳，余記以詞。

橋影流虹，湖光映雪，翠簾不捲春深。一寸横波，斷腸人在樓陰。遊絲不繫羊車住，倩何人、傳語青禽？最難禁，倚遍雕闌，夢遍羅衾。　重來已是朝雲散，悵明珠佩冷，紫玉煙沈。前度桃花，依然開滿江潯。鍾情怕到相思路，盼長隄、草盡紅心。動愁吟，碧落黄泉，兩處誰尋？

【評】譚獻曰：遺山、松雪所不能爲。（《篋中詞》二）

桂殿秋

思往事，渡江干。青蛾低映越山看。共眠一舸聽秋雨，小簟輕衾各自寒。

【評】譚獻曰：單調小令，近世名家，復振五代、北宋之緒。（《篋中詞》二）況周頤曰：或問國朝詞人，當以誰氏爲冠？再三審度，舉金風亭長對。問佳構奚若？舉《搗練子》（即《桂殿秋》）云云。（《蕙風詞話》卷五）

滿江紅

吴大帝廟

玉座苔衣，拜遺像、紫髯如乍。想當日、周郎陸弟，一時聲價。乞食肯從張子布？舉杯但屬甘興霸。看尋常談笑敵曹劉，分區夏。　南北限，長江跨。樓櫓動，降旗詐。歎六朝割據，從來誰亞？原廟尚存龍虎地，春秋未輟雞豚社。剩山圍衰草女牆空，寒潮打。

賣花聲 雨花臺

衰柳白門灣，潮打城還。小長干接大長干。歌板酒旗零落盡，剩有漁竿。秋草六朝寒，花雨空壇。更無人處一憑闌。燕子斜陽來又去，如此江山！

【評】譚獻曰：聲可裂竹。（《篋中詞》二）

洞仙歌 吴江曉發

澄湖淡月，響漁榔無數。一霎通波撥柔櫓。過垂虹亭畔，語鴨橋邊，籬根綻、點點牽牛花吐。紅樓思此際，謝女檀郎，幾處殘燈在窗户。隨分且欹眠，枕上吴歌，聲未了、夢輕重作。去聲。也儘勝鞭絲亂山中，聽風鐸郎當，馬頭衝霧。

梅花引　蘇小小墓

小溪澄，小橋橫，小小墳前松柏聲。碧雲停，碧雲停，凝想往時，香車油壁輕。　溪流飛遍紅襟鳥，橋頭生遍紅心草。雨初晴，雨初晴，寒食落花，青驄不忍行。

百字令　度居庸關

崇墉積翠，望關門一綫，似懸簷溜。瘦馬登登愁徑滑，何況新霜時候？畫鼓無聲，朱旗捲盡，惟剩蕭蕭柳。薄寒漸甚，征袍明日添又。　誰放十萬黃巾？丸泥不閉，直入車箱口。十二園陵風雨暗，響遍哀鴻離獸。舊事驚心，長途望眼，寂寞閑庭堠。當年鎖鑰，董龍真是雞狗。

【評】譚獻曰：意深。（《篋中詞》二）

消息 度雁門關

千里重關，憑誰踏遍，雁銜蘆處？亂水滹沱，層霄冰雪，鳥道連勾注。畫角吹愁，黄沙拂面，猶有行人來去。問長塗斜陽瘦馬，又穿入，離亭樹。猿臂將軍，鴉兒節度，説盡英雄難據。窺國真王，論功醉尉，世事都如許。有限春衣，無多山店，酹酒徒成虚語。垂楊老，東風不管，雨絲煙絮。

夏初臨 天龍寺是高歡避暑宫舊址

賀六渾來，主三軍隊，壺關王氣曾分。人説當年，離宫築向雲根。燒煙一片氤氳，想香姜古瓦猶存。琵琶何處？聽殘勅勒，銷盡英魂。霜鷹自去，青雀空飛，畫樓十二，冰井無痕。春風裊娜，依然芳草羅裙。驅馬斜陽，到鳴鐘佛火黃昏。伴殘僧千山萬山，涼月松門。

河傳 送米紫來入燕

南陌，歸客。紫騮驕，水驛山椒。路遥，落花如雨煙外飄。河橋，折殘楊柳條。別酒西堂官燭短，紅玉碗，醉也休辭滿。漏聲催，且徘徊。一杯，勸君更一杯。

【評】譚獻曰：漸近自然。（《篋中詞》二）

蝶戀花 重遊晉祠題壁

十里浮嵐山近遠，小雨初收，最喜春沙軟。又是天涯芳草遍，年年汾水看歸雁。 繫馬青松猶在眼，勝地重來，暗記韶華變。依舊紛紛涼月滿，照人獨上溪橋畔。

金明池 燕臺懷古，和申隨叔翰林

西苑妝樓，南城獵騎，幾處笳吹蘆葉？孤鳥外、生煙夕照，對千里萬里積雪。更誰來、擊筑高陽？但滿眼、花豹明駝相接。剩野火樓桑，秋塵石鼓，陌上行人空説。 戰鬥漁陽何曾歇？笑古往今來，浪傳豪傑。緑頭鴨、悲吟乍了，白翎雀、醉歌還闋。數燕雲、十六神州，有多少園陵，頹垣斷碣。正石馬嘶殘，金仙淚盡，古水荒溝寒月。

罥馬索 送崔二再遊黔中，兼訊李斯年

玉驄嘶，須把青絲罥他住。燕歌易酒，莫辭今夕離亭聚。浮雲一望，緑波千里，滿目銷魂江淹賦。計落花時節黄陵，楚竹湘煙響柔櫓。行旅，羅施天末，木瓜金筑，且伴參軍作蠻語。亂水孤舟逢人少，惟有冷猿昏雨。南尋李白，問訊何如？爲報頻年相思苦。道故人別來詩卷，總是人間斷腸句。

青玉案 臨淄道上

清秋滿目臨淄水，一半是，牛山淚。此地從來多古意。王侯無數，殘碑破冢，禾黍西風裏。青州從事須沈醉，稷下雄談且休矣！回首吴關二千里。分明記得，先生彈鋏，也説歸來是。

邁陂塘 題其年填詞圖

擅詞場、飛揚跋扈，前身可是青兕？風煙一壑家陽羨，最好竹山鄉里。攜硯几，坐罨畫溪陰，裊裊珠藤翠。人生快意，但紫筍烹泉，銀箏侑酒，此外總閒事。　空中語，想出空中姝麗，圖來菱角雙髻。樂章琴趣三千調，作者古今能幾？團扇底，也直得尊前，記曲呼娘子。旗亭藥市，聽江北江南，歌塵到處，柳下井華水。

解珮令 自題詞集

十年磨劍，五陵結客，把平生涕淚都飄盡。老去填詞，一半是空中傳恨，幾曾圍、燕釵蟬鬢？　不師秦七，不師黃九，倚新聲玉田差近。落拓江湖，且分付歌筵紅粉。料封侯、白頭無分！

臨江仙

菜甲齊開更斂，柳綿欲起還沈。一春閑望費沈吟。酒旗風著力，花事雨驚心。　巷窄猧兒不吠，樓高燕子難尋。熏爐小篆疊重衾。綠陰猶未滿，庭院已深深。

【評】譚獻曰：風諭三昧。（《篋中詞》二）

水龍吟 謁張子房祠

當年博浪金椎，惜乎不中秦皇帝。咸陽大索，下邳亡命，全身非易。縱漢當興，使韓成在，肯臣劉季？算論功三傑，封留萬户，都未是，平生意。　遺廟彭城舊里，有蒼苔、斷碑橫地。千盤驛路，滿山楓葉，一灣河水。

滄海人歸，圯橋石杳，古牆空閉。悵蕭蕭白髮，經過擥涕，向斜陽裏。

【評】譚獻曰：何堪使洪、吴輩聞之。（《篋中詞》二）

金縷曲 初夏

誰在紗窗語？是梁間、雙燕多愁，惜春歸去。早有田田青荷葉，占斷板橋西路。聽半部、新添蛙鼓。小白蔫紅都不見，但愔愔門巷吹香絮。緑陰重，已如許！　花源豈是重來誤？尚依然、倚杏雕闌，笑桃朱户。隔院秋千看盡拆，過了幾番疏雨。知永日、簸錢何處？午夢初回人定倦，料無心肯到閑庭宇。空搔首，獨延佇。

【評】譚獻曰：人才進退，知己難尋，所感甚深。（《篋中詞》二）

以上録自《江湖載酒集》。

憶少年

葉底
飛花時節，垂楊巷陌，東風庭院。重簾尚如昔，但窺簾人遠。歌鶯梁上燕，一聲聲、伴人幽怨。相思了無益，悔當初相見。

漁家傲

淡墨輕衫染趁時，落花芳草步遲遲。行過石橋風漸起，香不已，衆中早被遊人記。桂火初温玉酒巵，柳陰殘照柁樓移。一面船窗相並倚，看淥水，當時已露千金意。

瑤花 午夢

日長院宇，鍼綫慵拈，況倚闌無緒？翡帷翠幄，看展、盡忘卻東風簾户。

芳魂搖漾，漸聽不分明鶯語。逗紅蕉葉底微涼，幾點綠天疏雨。畫屏遮遍遥山，知一縷巫雲，吹墮何處？愁春未醒，定化作鳳子尋香留住。相思人並，料此際驚回最苦。亟丁寧池上楊花，莫便枕邊飛去。

南樓令

疏雨過輕塵，圓莎結翠茵。惹紅襟乳燕來頻。乍暖乍寒花事了，留不住，塞垣春。歸夢苦難真，別離情更親。恨天涯芳信無因。欲話去年今日事，能幾個，去年人？

一葉落

淚眼注，臨當去。此時欲住已難住。下樓復上樓，樓頭風吹雨。風吹雨，草草離人語。

以上録自《静志居琴趣》。

東風裊娜 遊絲

倩東君著力，繫住韶華。穿小徑，漾晴沙。正陰雲龍日，難尋野馬；輕颸染草，細綰秋蛇。燕蹴還低，鶯銜忽溜，惹卻黃鬚無數花。縱許悠揚度朱户，終愁人影隔窗紗。　惆悵謝娘池閣，湘簾乍捲，凝斜盼、近拂簷牙。疏籬罥，短牆遮。微風別院，好景誰家？紅袖招時，偏隨羅扇；玉鞭墮處，又逐香車。休憎輕薄，笑多情似我，春心不定，飛夢天涯。

【評】譚獻曰：層臺婵媛。（《篋中詞》二）

長亭怨慢 雁

結多少悲秋儔侶，特地年年，北風吹度。紫塞門孤，金河月冷，恨誰訴？迴汀枉渚，也只戀，江南住。隨意落平沙，巧排作參差箏柱。別浦，慣驚移莫定，應怯敗荷疏雨。一繩雲杪，看字字懸鍼垂露。漸敧斜無力低飄，正目送碧羅天暮。寫不了相思，又蘸涼波飛去。

【評】陳廷焯曰：感慨身世，以淒切之情，發哀婉之調，既悲涼，又忠厚，是竹垞直逼玉田之作，集中亦不多見。（《白雨齋詞話》卷三）

以上録自《茶煙閣體物集》。

右朱彝尊詞二十六首，録自《曝書亭詞》。

【集評】陳廷焯曰：竹垞詞疏中有密，獨出冠時，微少沈厚之意。《江湖載酒集》灑落有致，《茶煙閣體物集》組織甚工，《蕃錦集》運用成語，别具匠心，然皆無甚大過人處。惟《静志居琴趣》一卷，盡掃陳言，獨出機杼，豔詞有此，匪獨晏、歐所不能，即李後主、牛松卿亦未嘗夢見，真古今絶構也，惜託體未爲大雅。《静志居琴趣》一卷，生香真色，得未曾有。前後次序，略可意會，不必穿鑿求之。（《白雨齋詞話》卷三）

【本事】冒廣生曰：世傳竹垞《風懷二百韻》爲其妻妹作，其實《静志居琴趣》一卷，皆《風懷》注脚也。竹垞年十七，娶於馮。馮孺人名福貞，字海媛，少竹垞一歲。馮夫人之妹名壽常，字静志，少竹垞七歲。曩聞外祖周季貺先生言：十五六年前，曾見太倉某家藏一簪，簪刻「壽常」二字，因悟《洞仙歌》詞云：「金簪二寸短，留結殷勤，鑄就偏名有誰認？」蓋真有本事也。（《小三吾亭詞話》卷三）

◎王士禛

王士禛（避雍正諱改士正）字貽上，號阮亭，別號漁洋山人，山東新城人。年十八，中順治八年（一六五一）鄉試，十五年（一六五八）舉會試，選揚州推官，由禮部主事累遷少詹事，奉命祭告南海，官至刑部尚書，康熙五十年（一七一一）卒，距生明崇禎七年（一六三四），年七十八，謚文簡。少遊歷下，集諸名士於明湖，賦《秋柳詩》，和者數百人。在揚州，與林茂之、杜于皇、孫豹人、方爾止等修禊紅橋，又與陳其年、邵潛夫等修禊如皋冒氏之水繪園。每公暇，輒召賓客，泛舟載酒平山堂。吴梅村云：『貽上在廣陵，晝了公事，夜接詞人。』蓋實録也。嘗遍遊秦、晉、洛、蜀、閩、越、江、楚間，所至訪其賢豪，考其風土，遇佳山水，必登臨，融懌會萃，一發之於詩，故其詩能盡古今之奇變，蔚然爲一代風氣所歸。（《國朝先正事略》卷六《名臣傳》）著有《帶經堂集》《池北偶談》等書。其詞集流傳，有孫默刻本，名《衍波詞》；趙之謙刻本，名《阮亭詩餘》。吴氏《石蓮庵山左人詞》所收爲《衍波詞》。朱孝臧題云：『消魂極，絶代阮亭詩。見説緑楊城郭畔，遊人争唱冶春詞。把筆儘淒迷。』（《彊邨語業》卷三）士禛詩主神韻，尤工絶句，以餘力填詞，特長小令，蓋與絶句同一機杼也。

浣溪沙 紅橋同籜庵、茶村、伯璣、其年、秋崖賦

北郭青溪一帶流，紅橋風物眼中秋。綠楊城郭是揚州。西望雷塘何處是？香魂零落使人愁。澹煙芳草舊迷樓。

白鳥朱荷引畫橈，垂楊影裏見紅橋。欲尋往事已魂消。遥望平山山外路，斷鴻無數水迢迢。新愁分付廣陵潮。

綠樹橫塘第幾家？曲闌干外卓金車。渠儂獨浣越溪紗。浦口雨來虹斷續，橋邊人醉月橫斜。櫂歌聲裏采菱花。

附《紅橋遊記》：出鎮淮門，循小秦淮折而北，陂岸起伏多態，竹木蓊鬱，清流映帶。人家多因水爲園，亭榭溪塘，幽窈而明瑟，頗盡四時之美。拏小舟，循河西北行，林木盡處，有橋，宛然如垂虹下飲於澗，又如麗人靚妝袨服，流照明鏡中，所謂紅橋也。遊人登平山堂，率至法海寺，舍舟而陸，徑必出紅

橋下。橋四面皆人家荷塘，六七月間，菡萏作花，香聞數里，青簾白舫，絡繹如織，良謂勝遊矣。予數往來北郭，必過紅橋，顧而樂之。登橋四望，忽復裴回感歎。當哀樂之交乘於中，往往不能自喻其故。王謝冶城之語，景晏牛山之悲，今之視昔，亦有然耶？壬寅季夏之望，與蘀庵、茶村、伯璣諸子偶然漾舟，酒闌興極，援筆成小詞二章，諸子倚而和之。蘀庵繼成一章，予亦屬和。嗟乎！絲竹陶寫，何必中年？山水清音，自成佳話。予與諸子聚散不恒，良會未易遘，而紅橋之名，或反因諸子而得傳於後世，增懷古凭弔者之裴回感歎，如予今日，未可知也。

【評】譚獻曰：第一首名貴，第二首風人之旨。（《篋中詞》一）

蝶戀花　和漱玉詞

涼夜沈沈花漏凍，攲枕無眠，漸聽荒雞動。此際閑愁郎不共，月移窗罅春寒重。　憶共錦衾無半縫，郎似桐花，妾似桐花鳳。往事迢迢徒入夢，銀箏斷續連珠弄。（樂府合歡詩：『寢共無縫裯。』河間雜弄有《連珠弄》。）

【評】譚獻曰：深於梁、陳。（《篋中詞》一）

右王士禛詞四首，録自《石蓮庵山左人詞》本《衍波詞》。

【集評】唐允甲曰：貽上束其鴻博淹雅之才，作爲花間雋語，極哀豔之深情，窮倩盼之逸趣。（《衍波詞序》）　陳廷焯曰：漁洋小令，能以風韻勝，仍是做七絶慣技耳。然自是大雅，但少沈鬱頓挫之致。漁洋詞含蓄有味，但不能沈厚，蓋含蓄之意境淺，沈厚之根柢深也。（《白雨齋詞話》卷三）

◎曹貞吉

曹貞吉字升六，號實庵，山東安邱人。明崇禎七年（一六三四）生。清康熙三年（一六六四）進士，官禮部郎中。詩格遒鍊，宋犖極推許之。著有《珂雪詩詞集》。其論詞謂：『離而得合，乃爲大家。若優孟衣冠，天壤間只生古人已足，何用有我？』故其詞寧爲創，不爲述，寧失之粗豪，不甘爲描寫。（石蓮庵本《珂雪詞話》）朱孝臧題其詞集云：『留客住，絶調鷓鴣篇。脱盡詞流薌澤習，相高秋氣對南山。騣度衍波前。』（《彊邨語業》卷三）其魄力固在王士禛之上也。

蝶戀花

讀《六一集》十二月鼓子詞，嫌其過於富麗。吾輩爲之，正不妨作酸餡語耳。閒中試筆，即以故鄉風物譜之。（十二首録一）

五月黃雲全覆地，打麥場中，咿軋聲齊起。野老謳歌天籟耳，那能略辨宮商字？　屋角槐陰耽美睡，夢到華胥，蝴蝶翩翩矣。客至夕陽留薄醉，冷淘飥餺窮家計。

留客住 鷓鴣

瘴雲苦！遍五溪、沙明水碧，聲聲不斷，只勸行人休去。行人今古如織，正復何事關卿？頻寄語。空祠廢驛，便征衫濕盡，馬蹄難駐。

風更雨，一髮中原，杳無望處。萬里炎荒，遮莫摧殘毛羽。記否越王春殿，宮女如花，祇今惟勝汝？子規聲續，想江深月黑，低頭臣甫。

【評】譚獻曰：投荒念亂之感。（《篋中詞》一）

掃花遊 春雪，用宋人韻

元宵過也，看春色蘼蕪，澹煙平楚。濕雲萬縷，又輕陰作暈，蜂兒亂舞。一夜梅花，暗落西窗似雨。飄搖去，試問逐風，歸到何處？燈事纔幾許，記流水鈿車，畫橋爭路。蘭房列俎，歎蕣華易擲，鬢絲堆素。擁斷關山，知有離人獨苦。漫凭竚，聽寒城、數聲譙鼓。

【評】陳廷焯曰：綿雅幽細，斟酌於美成、梅溪、碧山、公謹而出之者。（《白雨齋詞話》卷三）

滿庭芳 和人潼關

太華垂旒，黄河噴雪，咸秦百二重城。危樓千尺，刁斗静無聲。落日紅旗半捲，秋風急、牧馬悲鳴。閑憑弔，興亡滿眼，衰草漢諸陵。泥丸封未得，漁陽鼙鼓，響入華清。早平安烽火，不到西京。自古王公設險，終難恃、帶礪之形。何年月，剷平斥堠，如掌看春耕？

賀新涼 再贈柳敬亭

咄汝青衫叟！閱浮生、繁華蕭瑟，白衣蒼狗。六代風流歸抵掌，舌下濤飛山走。似易水、歌聲聽久。試問於今真姓字，但回頭笑指蕪城柳。休暫住，譚天口。　當年處仲東來後，斷江流、樓船鐵鎖，落星如斗。七十九年塵土夢，纔向青門沽酒。更誰是、嘉榮舊友？天寶琵琶宮監在，訴江潭憔悴人知否？今昔恨，一搔首。

右曹貞吉詞五首，録自《石蓮庵刻山左人詞》本《珂雪詞》。

【集評】王煒曰：《珂雪詞》骯髒磊落，雄渾蒼茫，是其本色，而語多奇氣，惝怳傲睨，有不可一世之意。至其珠圓玉潤，迷離哀怨，於纏綿款至中自具蕭灑出塵之致，絢爛極而平澹生，不事雕鎪，俱成妙詣。（《珂雪詞序》） 陳廷焯曰：《珂雪詞》在國初諸老中，最爲大雅，才力不逮朱、陳，而取徑較正。國朝不乏詞家，《四庫》獨收《珂雪》，良有以也。（《白雨齋詞話》卷三）

◎李良年

李良年字武曾，浙江秀水人。明崇禎八年（一六三五）生。少與朱彝尊齊名。康熙中，以國子生召試鴻博。徐乾學開一統志局於洞庭西山，聘任分修。康熙三十三年（一六九四）卒。著有《秋錦山房集》。曹貞吉曰：『秋錦論詞，必盡掃蹊徑，獨露本色。嘗謂南宋詞人，如夢窗之密，玉田之疏，必兼之，乃工。』（《秋錦山房詞序》）於此，足見其所宗尚，亦浙派初期之大家也。

柳梢青 懷友人，在白下

春事閑探，月斜風細，葉葉輕帆。燕子來時，梅花落盡，人在江南。晚來何處停驂？攜手處、王孫舊諳。白下殘鐘，青溪遠笛，今夜難堪。

暗香　綠萼梅

春纔幾日？蚤數枝開遍，笑他紅白。仙徑曾逢，萼綠華來記相識。修竹天寒翠倚，翻認了、暗侵苔色。縱一片、月底難尋，微暈怎消得？　脈脈，清露濕，便静掩簾衣，夜香難隔。吴根舊宅，籬角無言照溪側。只有樓邊易墮，又何處、短亭風笛？歸路杳，但夢繞、銅阬斷碧。

【評】譚獻曰：白石故以幽勝。（《篋中詞》二）

右李良年詞二首，録自《秋錦山房詞》。

◎顧貞觀

顧貞觀字華峰，號梁汾，江蘇無錫人。康熙丙午（一六六六）順天舉人，擢秘書院典籍。戊申（一六六八）丁外艱歸。丙辰（一六七六）復入京，館納蘭相國家，與相國子性德交契。甲子（一六八四）還里，構積書巖，讀書終老。善填詞，與吴江吴兆騫交尤篤。兆騫以順治丁酉（一六五七）科場案謫戍寧古塔，貞觀爲求援於性德，未即許，貞觀作《金縷曲》二闋以寄兆騫，性德見之泣下，爲言於其父明珠，兆騫遂得生還云。貞觀生於明崇禎十年（一六三七），至康熙五十三年（一七一四）卒。著有《積書巖集》及《彈指詞》等書。貞觀嘗云：『吾詞獨不落宋人圈襀，可信必傳。』嘗見謝康樂『春草池塘』夢中句，曰：『吾於詞曾至此境。』昔彌勒彈指，樓閣門開，善才即見百千萬億彌勒化身。貞觀以斯名集，殆自示其苦心孤詣，超神入化處。同時有攜其新詞至朝鮮者，館人竊誦焉。翼日儒服者八人來謁，同聲乞詞，盡以畀之。後日必一至，備致款曲禮儀，堅懇將來片語單辭，必爲郵寄。（《諸洛彈指詞序》）朱孝臧題其詞集云：『雲海約，明鏡已秋霜。但願生還吴季子，何曾形穢漢田郎？歸老有纑塘。』（《彊邨語業》卷三）竹垞、迦陵而外，貞觀固亦當日一大作手也。

青玉案

天然一幢荆關畫，誰打稿，斜陽下？歷歷水殘山剩也。亂鴉千點，落鴻孤咽，中有漁樵話。　登臨我亦悲秋者，向蔓草平原淚盈把。自古有情終不化。青娥冢上，東風野火，燒出鴛鴦瓦。

石州慢 御河爲漕艘所阻

一月長河，奈阻崎嶇，玉京猶隔。滿身風露，夜寒誰問，扣舷孤客？不如歸去，從教錦纜牙檣，釣絲莫負秋江碧。何事訪支機？悔乘槎蹤跡。　淒絕。無端閱遍，戰壘遺屯，郵亭敗壁。只得幾行宮柳，似曾相識。琵琶響斷，那須月落回船，曲終始下青衫濕。曉鏡待重看，有霜華堪織。

【評】譚獻曰：貧士失職。（《篋中詞》一）

南鄉子 擣衣

嘹唳夜鴻驚，（一作『鳴』。）葉滿階除欲二更。一派西風吹不斷，秋聲，中有深閨萬里情。

片石冷於冰，兩袖霜華旋欲凝。（一作『廊上月華明，廊下霜華結漸成』。）今夜戍樓歸夢裏，分明，纖手頻呵帶月迎。（一作『人在回廊曲處迎』。）

【評】譚獻曰：清空若拭。（《篋中詞》一）

夜行船 鬱孤臺

爲問鬱然孤峙者，有誰來、雪天月夜？五嶺南橫，七閩東距，終古江山如畫。

百感茫茫交集也，憺忘歸、夕陽西掛。爾許雄心，無端客淚，一十八灘流下。

金縷曲 二首

寄吴漢槎寧古塔，以詞代書，丙辰冬寓京師千佛寺冰雪中作。

季子平安否？便歸來、平生萬事，那堪回首？行路悠悠誰慰藉？母老家貧子幼。記不起、從前杯酒。魑魅搏人應見慣，總輸他覆雨翻雲手。冰與雪，周旋久。

淚痕莫滴牛衣透。數天涯、依然骨肉，幾家能彀？比似紅顏多命薄，更不如今還有。只絶塞、苦寒難受。廿載包胥承一諾，盼烏頭馬角終相救。置此札，君懷袖。

我亦飄零久。十年來、深恩負盡，死生師友。宿昔齊名非忝竊，試看杜陵消瘦。曾不減、夜郎僝僽。薄命長辭知己別，問人生到此淒涼否？千萬恨，從君剖。兄生辛未吾丁丑。共些時、冰霜摧折，早衰蒲柳。詞賦從今須少作，留取心魂相守。但願得、河清人壽。歸日急翻行戍稿，把空名料理傳身後。言不盡，觀頓首。

二詞容若見之，爲泣下數行，曰：『河梁生別之詩，山陽死友之傳，得此而三。此事三千六百日中，弟當以身任之，不俟兄再囑也。』余曰：『人壽幾何？請以五載爲期。』懇之太傅，亦蒙見許，而漢槎果以辛酉入關矣。附書志感，兼志痛云。

【本事】康熙初，吴漢槎兆騫謫戍寧古塔，其友顧貞觀華峰館於納蘭太傅家，寄吴《金縷曲》云云，太傅之子成容若見之，泣曰：『河梁生别之詩，山陽死友之傳，得此而三。此事三千六百日中，我當以身任之。』華峰曰：『人壽幾何？公子乃以十載爲期耶？』太傅聞之，竟爲道地，而漢槎生入玉門關矣。顧生名永者詠其事云：『金蘭儻使無良友，關塞終當老健兒。』説華峰之救吴季子也，太傅方宴客，手巨觥謂曰：『若飲滿，爲救漢槎。』華峰素不飲，至是一吸而盡。太傅笑曰：『余直戲耳。即不飲，余豈不救漢槎耶？雖然，何其壯也！』嗚呼！公子能文，良朋愛友，太傅憐才，真一時佳話。（袁枚《隨園詩話》）容若寄梁汾《金縷曲》，有云：『絶塞生還吴季子，算眼前此外皆閒事。』蓋指此也。漢槎

既入關，過容若所，見齋壁大書『顧梁汾爲吴漢槎屈膝處』，不禁大慟云。昔人交誼之重如此。（梁令嫻《藝蘅館詞選》）

【評】譚獻曰：使人增朋友之重，可以興矣！（《篋中詞》一） 陳廷焯曰：華峰《賀新郎》兩闋，只如家常説話，而痛快淋漓，宛轉反覆，兩人心跡，一一如見，雖非正聲，亦千秋絶調也。又曰：二詞純以性情結撰而成，悲之深，慰之至，丁寧告戒，無一字不從肺腑流出，可以泣鬼神矣！（《白雨齋詞話》卷三）

右顧貞觀詞六首，録自《彈指詞》。

【集評】杜詔曰：《彈指》與竹垞、迦陵埒名。迦陵之詞，横放傑出，大都出自蘇、辛，卒非詞家本色。竹垞神明乎姜、史，刻削雋永，本朝作者雖多，莫有過焉者。若《彈指》則極情之致，出入南北兩宋，而奄有衆長，詞之集大成者也。（《彈指詞序》） 陳廷焯曰：顧華峰詞，全以情勝，是高人一著處。至其用筆，亦甚圓朗，然不悟沈鬱之妙，終非上乘。（《白雨齋詞話》卷三）

◎李符

李符字分虎，號耕客，浙江嘉興人。崇禎十二年（一六三九）生。少與兄繩遠、良年齊名，號「三李」。曾受知於曹溶，又與朱彝尊等結詩社。康熙二十八年（一六八九）卒。著有《香草居集》及《耒邊詞》。彝尊稱其「精研於南宋諸名家，而分虎之詞，愈變而極工，方之武曾，無異塤篪之迭和也」。（《耒邊詞序》）朱孝臧題云：「長水畔，二隱比龜溪。不分詩名叨一饌，居然詞派有連枝。人道好塤篪。」（《彊邨語業》卷三）兄弟並以詞名，亦一時所罕也。

釣船笛 即《好事近》

曾去釣江湖，腥浪黏天無際。淺岸平沙自好，算無如鄉里。　從今只住鴨兒邊，遠或泛苕水。三十六陂秋到，宿萬荷花裏。

右李符詞一首，録自《耒邊詞》。

【集評】陳廷焯曰：二李詞絶相類，大約皆規模南宋，羽翼竹垞者。武曾較雅正，而才氣則分虎爲勝。（《白雨齋詞話》卷三）

◎納蘭性德

納蘭性德字容若，初名成德，後避東宫嫌名，改曰性德，爲太傅明珠長子。年十七補諸生，明年舉順天鄉試，康熙丙辰（一六七六）應殿試，賜進士出身，選授三等侍衛，尋晉一等。自幼聰敏，讀書一再過即不忘。尤喜爲詞，自唐、五代以來諸名家詞，皆有選本。以洪武韻改并聯屬，名《詞韻正略》。所著《側帽集》後更名《飲水集》者，皆詞也。好觀北宋之作，不喜南渡諸家，而清新秀儁，自然超逸，海内名爲詞者皆歸之。數歲即善騎射，自在環衛，益便習，發無不中。其扈蹕時，珥弓書卷，錯雜左右，日則校獵，夜必讀書。不肯輕爲人謀，謀必竭其肺腑。所交遊皆一時儁異，於世所稱落落難合者，若無錫嚴繩孫、顧貞觀、秦松齡，宜興陳維崧，慈溪姜宸英，尤所契厚。吴江吴兆騫，久徙絶塞，性德聞其才名，贖而還之。坎軻失職之士，走京師，生館死殯，於貲財無所計惜。生於順治十一年（一六五四），卒於康熙二十四年（一六八五），年三十一。（節録徐乾學《納蘭君墓誌銘》）曾刊《通志堂經解》，自著有《通志堂集》後附《通志堂詞》，爲顧貞觀所定。清季許增復爲彙集諸家刊本，爲《納蘭詞》五卷，附補遺一卷，刊入《榆園叢刻》中。朱孝臧題云：『蘭錡貴，肯作稱家兒？解道紅羅亭上語，人間寧獨小山詞？冷暖自家知。』（《彊邨語業》卷三）清代令詞，蓋未有過於性德者矣。

江城子 詠史

濕雲全壓數峰低，影淒迷，望中疑。非霧非煙神女欲來時。若問生涯原是夢，除夢裏，没人知。

臺城路 塞外七夕

白狼河北秋偏早，星橋又迎河鼓。清漏頻移，微雲欲濕，正是金風玉露。兩眉愁聚。待歸踏榆花，那時纔訴。只恐重逢，明明相視更無語。　人間別離無數。向瓜果筵前，碧天凝佇。連理千花，相思一葉，畢竟隨風何處？羈棲良苦！算未抵空房，冷香啼曙。今夜天孫，笑人愁似許。

【評】譚獻曰：偪真北宋慢詞。（《篋中詞》一）

浣溪沙 六首

消息誰傳到拒霜？兩行斜雁碧天長。晚秋風景倍淒涼。 銀蒜押簾人寂寂，玉釵敲竹信茫茫。黄花開也近重陽。

睡起惺松强自支，緑傾蟬鬢下簾時。夜來愁損小腰肢。 遠信不歸空竚望，幽期細數卻參差。更兼何事耐尋思？

誰道飄零不可憐？舊遊時節好花天。斷腸人去自今年。 一片暈紅纔著雨，幾絲柔柳乍和煙。倩魂銷盡夕陽前。（《榆園叢書》本別有題云：『西郊馮氏園看海棠，因憶香嚴詞有感。』『纔』作『疑』，『幾絲』句作『晚風吹掠鬢雲偏』。）

記綰長條欲別難，盈盈自此隔銀灣。便無風雪也摧殘。 青雀幾時裁錦字？玉蟲連夜翦春幡。不禁辛苦況相關？

誰念西風獨自涼？蕭蕭黃葉閉疏窗。沈思往事立殘陽。　被酒莫驚春睡重，賭書消得潑茶香。當時祇道是尋常。

腸斷斑騅去未還，繡屏深鎖鳳簫寒。一春幽夢有無間。　逗雨疏花濃澹改，關心芳草淺深難。不成風月轉摧殘。

蝶戀花 四首

辛苦最憐天上月，一昔如環，昔昔都成玦。若似月輪終皎潔，不辭冰雪爲卿熱。　無那塵緣容易絕，燕子依然，軟踏簾鉤說。唱罷秋墳愁未歇，春叢認取雙棲蝶。

眼底風光留不住，和暖和香，又上雕鞍去。欲倩煙絲遮別路，垂楊那是相思樹？惆悵玉顔成間阻，何事東風，不作繁華主？斷帶依然留乞句，斑騅一繫無尋處。

又到緑楊曾折處，不語垂鞭，踏遍清秋路。衰草連天無意緒，雁聲遠向蕭關去。不恨天涯行役苦，只恨西風，吹夢成今古。明日客程還幾許？霑衣況是新寒雨。

蕭瑟蘭成看老去，爲怕多情，不作憐花句。閣淚倚花愁不語，暗香飄盡知何處。重到舊時明月路，袖口香寒，心比秋蓮苦。休説生生花裏住，惜花人去花無主。

【評】譚獻曰：勢縱語咽，淒澹無聊，延已、六一而後，僅見湘真。（《篋中詞》一）

蝶戀花　出塞

今古河山無定據，畫角聲中，牧馬頻來去。滿目荒涼誰可語，西風吹老丹楓樹。　從前幽怨應無數，鐵馬金戈，青冢黄昏路。一往情深深幾許？深山夕照深秋雨。（榆園本「據」作「數」，下闋首句作「幽怨從前何處訴」。）

河傳

春淺，紅怨。掩雙環。微雨花間，晝閑，無言暗將紅淚彈。闌珊。香銷輕夢還。　斜倚畫屏思往事，皆不是，空作相思字。記當時，垂柳絲，花枝，滿庭胡蝶兒。

金縷曲 贈梁汾

德也狂生耳。偶然間、緇塵京國，烏衣門第。有酒惟澆趙州土，誰會成生此意？不信道、遂成知己。青眼高歌俱未老，向尊前、拭盡英雄淚。君不見，月如水。　共君此夜須沈醉。且由他、蛾眉謠諑，古今同忌。身世悠悠何足問，冷笑置之而已。尋思起、從頭翻悔。一日心期千劫在，從身緣、恐結他生裏。然諾重，君須記。

【評】徐釚曰：詞旨嶔崎磊落，不啻坡老、稼軒，都下競相傳寫。（《詞苑叢談》）

金縷曲 亡婦忌日，有感

此恨何時已？滴空階、寒更雨歇，葬花天氣。三載悠悠魂夢杳，是夢久應醒矣。料也覺、人間無味。不及夜臺塵土隔，冷清清、一片埋愁地。釵鈿約，竟拋棄。

重泉若有雙魚寄，好知他、年來苦樂，與誰相倚？我自終宵成轉側，忍聽湘絃重理？待結箇、他生知己。還怕兩人俱薄命，再緣慳、賸月零風裏。清淚盡，紙灰起。

秋千索 淥水亭春望

藥闌攜手銷魂侶，争不記、看承人處？除向東風訴此情，奈竟日，春無語。

悠揚撲盡風前絮，又百五、韶光難住。滿地梨花似去年，卻多了，廉纖雨。

菩薩蠻 四首

問君何事輕離別，一年能幾團圓月？楊柳乍如絲，故園春盡時。春歸歸不得，兩槳松花隔。舊夢逐寒潮，啼鵑恨未消。

催花未歇花奴鼓，酒醒已見殘紅舞。不忍覆餘觴，臨風淚數行。粉香看欲別，空賸當時月。月也異當時，淒清照鬢絲。

晶簾一片傷心白，雲鬟香霧成遥隔。無語問添衣，桐陰月已西。西風鳴絡緯，不許愁人睡。只是去年秋，如何淚欲流？

烏絲畫作迴紋紙，香煤暗蝕藏頭字。箏雁十三雙，輪他作一行。相看仍似客，但道休相憶。索性不還家，落殘紅杏花。

清平樂

風鬟雨鬢，偏是來無準。倦倚玉闌看月暈，容易語低香近。　軟風吹遍窗紗，心期便隔天涯。從此傷春傷別，黄昏只對梨花。

臨江仙 寒柳

飛絮飛花何處是？層冰積雪催殘。疏疏一樹五更寒。愛他明月好，憔悴也相關。　最是繁絲摇落後，轉教人憶春山。湔裙夢斷續應難。西風多少恨，吹不散眉彎。

南鄉子 爲亡婦題照

淚咽卻無聲，只向從前悔薄情。凭仗丹青重省識，盈盈，一片傷心畫不成。　別語忒分明，午夜鶼鶼夢早醒。卿自早醒儂自夢，更更，泣盡風簷夜雨鈴。

沁園春

丁巳重陽前三日，夢亡婦澹妝素服，執手哽咽，語多不復能記，但臨別有云：『銜恨願爲天上月，年年猶得向郎圓。』婦素未工詩，不知何以得此也？覺後感賦。

瞬息浮生，薄命如斯，低徊怎忘？記繡榻閑時，並吹紅雨；雕闌曲處，同倚斜陽。夢好難留，詩殘莫續，贏得更深哭一場。遺容在，只靈飆一轉，未許端詳。

重尋碧落茫茫，料短髮朝來定有霜。便人間天上，塵緣未斷；春花秋葉，觸緒還傷。欲結綢繆，翻驚摇落，減盡荀衣昨日香。真無奈，倚聲聲鄰笛，譜出迴腸。

右納蘭性德詞二十五首，録自《通志堂詞》。

【集評】顧貞觀曰：容若天資超逸，悠然塵外，所爲樂府小令，婉麗淒清，使讀者哀樂不知所主，如聽中宵梵唄，先悽惋而後喜悅。（《通志堂詞序》）又曰：容若詞一種悽惋處，令人不能卒讀，人言愁，我始欲愁。（榆園本《納蘭詞評》）陳維崧曰：《飲水詞》哀感頑豔，得南唐二主之遺。（《詞評》）周之琦曰：或言：『納蘭容若，南唐李重光後身也。』予謂重光天籟也，恐非人力所能及。容若長調多不協律，小令則格高韻遠，極纏綿婉約之致，能使殘唐墜緒，絶而復續，第其品格，殆叔原、方回之亞乎？（《篋中詞》一引）況周頤曰：容若承平少年，烏衣公子，天分絶高。適承元、明詞敝，甚欲推尊斯道，一洗雕蟲篆刻之譏。獨惜享年不永，力量未充，未能勝起衰之任。其所爲詞，純任性靈，纖塵不染，甘受和，白受采，進於沈著渾至何難矣。（《蕙風詞話》卷五）王國維曰：納蘭容若以自然之眼觀物，以自然之舌言情，此由初入中原，未染漢人風氣，故能真切如此，北宋以來，一人而已。（《人間詞話》上）

◎沈雄

沈雄字偶僧，江蘇吴江人。著有《古今詞話》《柳塘詞》。

金明池 秣陵懷古

山上圍棋，渡頭麈扇，那怯寒潮夜雨？重借問、繁華六代，又荒堞斷碑如許！願官家、世世生來，莫應似、衰草斜陽垂暮。歡幕府頻移，鑾輿潛幸，一任晚風吹去。　江左夷吾在何處？便星散雲馳，此身無主。問滿目、虎旅鴛行，還講得、舊時門户？最傷心、煙柳臺城，儘巷口烏衣，興亡難訴。但萬里長江，未銷離恨，一派濤聲猶怒。

【評】葉恭綽曰：亦興亡之感。（《廣篋中詞》一）

右沈雄詞一首，録自《柳塘詞》。

◎陳崿

陳崿字咸京，號岞嵐，晚號慧香，江蘇華亭人。貢生，以薦充纂修詩經館分校，議敘知縣。遽乞歸，杜門著述。著有《祖硯堂集》《呵壁詞》。

大酺 王府基懷古

記白駒兵，齊雲火，一晌繁華何處？宮基春草緑，任鶯歌花笑，更無人妒。石馬苔纏，銅仙涙滴，麋鹿也曾遊否？英雄消沈盡，問當年割據，霸圖誰誤？但贏得淒涼，五更霜角，滿城風絮。　乾坤真逆旅。看濠泗樓櫓橫江渡。又轉眼、灰飛玉座，雨冷金溝，歎神京、不堪重顧。萬朵愁雲湧，還悄把、蔣陵遮住。接直北、煤山路。興亡彈指，何況張王非故？江南庾郎一賦。

右陳崿詞一首，録自《呵壁詞》。

◎厲鶚

厲鶚字太鴻，號樊榭，浙江錢塘人。康熙庚子（一七二〇）舉於鄉。將入都，道經天津，查蓮坡（爲仁）留之水西莊，同撰周密《絶妙好詞箋》。乾隆初舉鴻博，報罷。客揚州，有馬氏藏書最富，延主其家，盡探其秘牒。大江南北，主盟壇坫，凡數十年。性耽閒静，愛山水，尤工詩餘，擅南宋諸家之勝。（《國朝先正事略》卷四十一《文苑傳》）生於康熙三十一年（一六九二），乾隆十七年（一七五二）卒。著有《宋詩紀事》《樊榭山房集》等。朱孝臧題其《樊榭山房詞》云：『南湖隱，心折小長蘆。拈出空中傳恨語，不知探得頷珠無？神悟亦區區。』（《彊邨語業》卷三）厲氏固浙西詞派之中堅人物也。

齊天樂　吳山望隔江霽雪

瘦筇如喚登臨去，江平雪晴風小。濕粉樓臺，釅寒城闕，不見春紅吹到。微茫越嶠，但半沍雲根，半銷沙草。爲問鷗邊，而今可有晉時櫂？　清愁幾番自遣，故人稀笑語，相憶多少？寂寂寥寥，朝朝暮暮，吟得梅花俱惱。將花插帽，向第一峰頭，倚空長嘯。忽展斜陽，玉龍天際繞。

【評】譚獻曰：頓挫跌宕。（《篋中詞》二）

百字令 丁酉清明

春光老去，恨年年心事，春能拘管。永日空園雙燕語，折盡柳條長短。白眼看天，青袍似草，最覺當歌懶。愔愔門巷，落花早又吹滿。　凝想煙月當時，餳簫舊市，慣逐嬉春伴。一自笑桃人去後，幾葉碧雲深淺。亂擲榆錢，細垂桐乳，尚惹遊絲轉。望中何處？那堪天遠山遠。

【評】譚獻曰：忍俊不禁。（《篋中詞》二）

疏影 湖上見柳影，因賦此闋

輕陰冉冉，正嫩苔弄碧，庭宇深掩。千縷柔魂，搖盪如煙，無端忽度闌檻。章臺路暗人歸處，看足了、斜陽濃淡。又幾痕、水際低窺，近日楚腰全減。 依約勻梳月底，亂雲鋪滿徑，籠住文簟。欲結同心，空試荑苗，作就三分銷黯。寒添白祫清明後，掃不盡、隨風微斂。最鏡中、再寫秋疏，記得踏枝鴉點。

眼兒媚

一寸構波惹春留，何止最宜秋。妝殘粉薄，矜嚴清盡，只有溫柔。 當時底事匆匆去？悔不載扁舟。分明記得，吹花小徑，聽雨高樓。

玉漏遲 永康病中，夜雨感懷

薄遊成小倦。驚風夢雨，意長箋短。病與秋爭，葉葉碧梧聲顫。濕鼓山城暗數，更穿入、溪雲千片。燈暈翦，似曾認我，茂陵心眼。　少年不負吟邊，幾熨帛光陰，試香池館。歡境消磨，盡付砌蟲微歎。客子關情藥裏，覓何地、煙林疏散？懷正遠，胥濤曉喧楓岸。

【評】陳廷焯曰：此詞似周草窗，而騷情雅意，更覺過之。（《白雨齋詞話》卷四）譚獻曰：柔厚幽淼。（《篋中詞》二）

百字令

月夜過七里瀨，光景奇絶。歌此調，幾令衆山皆響。

秋光今夜，向桐江、爲寫當年高躅。風露皆非人世有，自坐船頭吹竹。

萬籟生山，一星在水，鶴夢疑重續。拏音遥去，西巖漁父初宿。心憶汐社沈埋，清狂不見，使我形容獨。寂寂冷螢三四點，穿過前灣茅屋。林净藏煙，峰危限月，帆影揺空緑。隨風飄蕩，白雲還臥深谷。

【評】陳廷焯曰：無一字不清俊。又曰：錬字錬句，歸於純雅，此境亦未易到。（《白雨齋詞話》卷四）譚獻曰：與于湖《洞庭詞》，壯浪幽奇，各極其勝。（《篋中詞》二）

憶舊遊

辛丑九月既望，風日清霽，唤艇自西堰橋，沿秦亭、法華，灣洄以達於河渚。時秋蘆作花，遠近縞目。回望諸峰，蒼然如出晴雪之上。庵以『秋雪』名，不虚也。乃假僧榻，偃仰終日，唯聞櫂聲掠波往來，使人絶去世俗營競所在。向晚宿西溪田舍，以長短句紀之。

泝溪流雲去，樹約風來，山剪秋眉。一片尋秋意，是涼花載雪，人在蘆碕。楚天舊愁多少，飄作鬢邊絲。正浦溆蒼茫，閑隨野色，行到禪扉。忘機，悄無語，坐雁底焚香，蛬外絃詩。又送蕭蕭響，盡平沙霜信，吹上僧衣。凭高一聲彈指，天地入斜暉。已隔斷塵喧，門前弄月漁艇歸。

【評】譚獻曰：白石卻步。（《篋中詞》二）

齊天樂 秋聲館賦秋聲

簟淒燈暗眠還起，清商幾處催發？碎竹虛廊，枯蓮淺渚，不辨聲來何葉？桐飆又接。盡吹入潘郎，一簪愁髮。已是難聽，中宵無用怨離別。　陰蟲還更切切。玉窗挑錦倦，驚響簷鐵。漏斷高城，鐘疏野寺，遥送涼潮嗚咽。微吟漸怯。訝籬豆花開，雨篩時節。獨自開門，滿庭都是月。

【評】譚獻曰：詞禪。（《篋中詞》二）

八歸 隱几山樓賦夕陽

初翻雁背，旋催鴉翼，高樹半掛微暈。銷凝最是登樓意，當對亂波紅蘸，遠山青襯。不管長亭歌欲斷，漸照去鞭痕將隱。想故苑燕麥離離，滿地弄金粉。何況春遊乍歇，花愁多少，只惱黃昏偏近。冷和帆落，慘連笳起，更帶孤煙斜引。誤雕欄倚遍，霽色明朝也應準。無言處，望中容易，下卻西牆，相思人老盡。

【評】譚獻曰：無垂不縮。（《篋中詞》二）

摸魚兒 蕪城清明

杏餳香、鬧花門巷，家家風外晴穩。來時猶道江程短，定不短如愁鬢。飛絮近，作酒惡寒輕，只是無人問。紅絲硯潤。便杜老傷春，江郎賦別，難寫此時恨。　西湖路，最愛山聯眉暈。遊船曾記歸盡。綠楊闌角聽鶯坐，知我平生疏俊。情一寸，回首處、雲容水態還相引。天涯自哂。繞九里街中，三分月底，誰與寄芳信？

掃花遊

乙巳三月二十三日，客揚州，空齋積雨，孤愁特甚，問人，始知是春盡日也。黯然於懷，賦寄尺凫。

折花泛舸，又夜淺燈孤，綠陰如許。舊遊間阻。聽簷聲壓酒，醉醒無據。落魄多愁，尚記羅裙雁柱。向南浦，訝楊柳今朝，腰瘦慵舞。　行遍深院宇，已負了春來，忍教春去？笑人易誤。似山中枕石，頓忘時序。小榼櫻桃，更憶西園勝聚。寄情處，畫當年滿湖煙雨。

謁金門 七月既望，湖上雨後作

凭畫檻，雨洗秋濃人淡。隔水殘霞明冉冉，小山三四點。艇子幾時同泛？待折荷花臨鑑。日日綠盤疏粉豔，西風無處減。

【評】陳廷焯曰：中有怨情，意味便厚，否則無病呻吟，亦可不必。（《白雨齋詞話》卷四）

右厲鶚詞十二首，錄自《樊榭山房詞》。

【集評】徐紫珊曰：樊榭詞生香異色，無半點煙火氣，如入空山，如聞流泉，真沐浴於白石、梅溪而出之者。陳玉几曰：樊榭詞清真雅正，超然神解；如金石之有聲，而玉之聲清越；如草木之有花，而蘭之味芬芳。趙意田曰：《琴雅》（樊榭詞一題《秋林琴雅》）一編，節奏精微，輒多絃外之響，是謂以無累之神，合有道之器者。（以上並見《藝蘅館詞選》）　譚獻曰：填詞至太鴻，真可分中仙、夢窗之席。世人爭賞其餖飣窳弱之作，所謂『微之識碔砆』也。《樂府補題》，别有懷抱。後來巧構形似之言，漸忘古意，竹垞、樊榭，不得辭其過。浙派爲人詬病，由其以姜、張爲止境，而又不能如白石之澀，玉田之潤。録乾隆以來詞慎取之。（《篋中詞》二）　陳廷焯曰：厲樊榭詞，幽香冷豔，如萬花谷中，雜以芳蘭，在國朝詞人中，可謂超然獨絶者矣！論者謂其沐浴於白石、梅溪（徐紫珊語），此亦皮相之見。大抵其年、錫鬯、太鴻三人，負其才力，皆欲於宋賢外别開天地，而不知宋賢範圍必不可越，陳、朱固非正聲，樊榭亦屬别調。樊榭詞拔幟於陳、朱之外，窈曲幽深，自是高境。然其幽深處在貌而不在骨，絶非從楚騷來，故色澤甚饒，而沈厚之味終不足也。樊榭措詞最雅，學者循是以求深厚，則去姜、史不遠矣。（《白雨齋詞話》卷四）

◎蔣士銓

蔣士銓字心餘，一字苕生，號清容，江西鉛山人。乾隆丁卯（一七四七）舉人，丁丑（一七五七）進士，授編修，在官八年，歸主蕺山、崇文、安定三書院。風神散朗，激揚風義，甄拔寒畯，有古烈士風。工詩詞，尤長劇曲。（《國朝先正事略》卷四十一《文苑》）以乾隆四十九年（一七八四）卒，距生雍正三年（一七二五），年六十一。著有《忠雅堂集》《銅絃詞》《藏園九種曲》等。詞格與陳維崧爲近，亦一時風氣使然也。

百字令 蔡文姬擘阮圖

書中人面，坐胡床擿阮，雙雛侍側。貂帽蠻靴垂辮髮，絶代春風顏色。旃帳魂孤，兜離語異，獵騎如雲黑。閼氏年少，此時應也頭白。　當日一樣還朝，羌兒淚灑，不若蘇通國。留取餘生埋衛冢，蓬首翻求國賊。虎士如林，龍驤滿厩，都尉何恩德？那堪再誤？胡笳不用多拍。

水調歌頭 舟次感成

偶爲共命鳥，都是可憐蟲。淚與秋河相似，點點注天東。十載樓中新婦，九載天涯夫婿，首已似飛蓬。年光愁病裏，心緒別離中。詠春蠶，疑夏雁，泣秋蛩。幾見珠圍翠繞，含笑坐東風？聞道十分消瘦，爲我兩番磨折，辛苦念梁鴻。誰知千里夜，各對一鐙紅。

【評】譚獻曰：生氣遠出，善學坡仙。（《篋中詞》二）

右將士銓詞二首，録自《銅絃詞》。

◎吴翌鳳

吴翌鳳字伊仲，號枚庵，江蘇吴縣人。乾隆七年（一七四二）生。嘉慶諸生，客遊楚南，垂老始歸。築室曰『歸雲舫』，奉母著書其中，手鈔書數千百卷，多藏書家所未見。嘉慶二十四年（一八一九）卒。所撰《吴梅村詩集箋注》，能正舊注之失，盛行於世。别有《與稽樓叢稿》《曼香詞》等書。

玉樓春

空園數日無芳信，惻惻殘寒猶未定。柳邊絲雨燕歸遲，花外小樓簾影靜。　憑欄漸覺春光暝，悵望碧天帆去盡。滿隄芳草不成歸，斜日畫橋煙水冷。

【評】譚獻曰：俊絶。（《篋中詞》三）

桂枝香 壬辰秋，蒙泉有湘中之遊，蠡槎歌此調送之，邀予同作

蘋風吹晚，送兩槳寒潮，去程同遠。多少江南舊恨，客懷難遣。楚天歸夢沈沈闊，瑣窗寒静隨宵掩。微霜影裏，香銷燭燼，乍聞新雁。念自昔、紅亭翠館，悵十載盟鷗，便教飛散。數遍亂山荒驛，甚時重見？鄉關此後多風雪，怕黄昏、畫角吹怨。相思空記，寒梅一樹，和香同翦。

【評】譚獻曰：善用逆筆。（《篋中詞》三）

右吴翌鳳詞二首，録自《曼香詞》。

◎左輔

左輔字仲甫，一字蘅友，號杏莊，江蘇陽湖人。乾隆十六年（一七五一）生。以進士分發安徽，任知縣，治行素著，能得民心。嘉慶間，官至湖南巡撫。道光十三年（一八三三）卒。著有念宛齋詩、詞、古文、書牘等五種。

浪淘沙 曹溪驛折桃花一枝，數日零落，裹花片投之涪江，歌此送之

水輭櫨聲柔，草綠芳洲。碧桃幾樹隱紅樓。者是春山魂一片，招入孤舟。鄉夢不曾休，惹甚閑愁？忠州過了又涪州。擲與巴江流到海，切莫回頭！

【評】譚獻曰：所感甚大。（《篋中詞》三）

南浦 夜尋琵琶亭

潯陽江上，恰三更霜月共潮生。斷岸高低向我，漁火一星星。何處離聲刮起？撥琵琶、千載賸空亭。是江湖倦客，飄零商婦，於此盪精靈。　且自移船相近，繞回闌百折覓愁魂。我是無家張儉，萬里走江城。一例蒼茫弔古，向荻花楓葉又傷心。只琵琶響斷，魚龍寂寞不曾醒。

【評】譚獻曰：濡染大筆，此道遂尊。（《篋中詞》三）

右左輔詞二首，録自《篋中詞》。

◎張惠言

張惠言字皋文，江蘇武進人。嘉慶四年(一七九九)進士，官編修，七年(一八〇二)卒。)距生乾隆二十六年(一七六一)，年四十二。少爲詞賦，嘗擬司馬相如、揚雄之文。深於易學。又嘗輯《詞選》，爲常州詞派之開山。(《國朝先正事略》卷三十六《經學傳》)著有《茗柯文集》及《茗柯詞》。其《詞選序》略云：『詞者，蓋出於唐之詩人，採樂府之音，以製新律，因繫其詞，故曰詞。其緣情造端，興於微言，以相感動，極命風謠里巷男女哀樂，以道賢人君子幽約怨悱不能自言之情，低徊要眇，以喻其致，蓋詩之比興，變風之義，騷人之歌，則近之矣。』自張選出而詞體遂尊。朱孝臧題其《茗柯詞》云：『回瀾力，標舉選家能。自是詞源疏鑿手，橫流一別見淄澠。異議四農生。』(《彊邨語業》卷三)四農爲潘德輿字，嘗謂：『張氏詞選，抗志希古，標高揭己，宏音雅調，多被排擯，五代、北宋，有自昔傳誦，非徒隻字之警者，張氏亦多恝然置之。』(《與葉生書》)要之清詞至常州派出而體格一變，實受此選之影響，餘波至晚近，猶未盡絶，真所謂『詞源疏鑿手』也。惠言甥董士錫，字晉卿，能傳其學。至周濟《宋四家詞選》出，加以擴充，而詞派以成，此清詞之一大關鍵也。(參考拙作《論常州詞派》)

木蘭花慢 楊花

儘飄零盡了，何人解當花看？正風避重簾，雨迴深幕，雲護輕幡。尋他一春伴侶，只斷紅相識夕陽間。未忍無聲委地，將低重又飛還。疏狂情性，算淒涼耐得到春闌。便月地和梅，花天伴雪，合稱清寒。收將十分春恨，做一天愁影繞雲山。看取青青池畔，淚痕點點凝斑。

【評】譚獻曰：擷兩宋之菁英。（《篋中詞》三）

水調歌頭 五首

春日賦示楊生子掞。

東風無一事，妝出萬重花。閑來閱遍花影，惟有月鉤斜。我有江南鐵笛，要倚一枝香雪，吹徹玉城霞。清影渺難即，飛絮滿天涯。飄然去，吾與汝，泛雲槎。東皇一笑相語：芳意在誰家？難道春花開落，更是春風來去，便了卻韶華。榆案：依律應上二下三，此句作上一下四，殊爲不合。花外春來路，芳草不曾遮。

百年復幾許？慷慨一何多！子當爲我擊筑，我爲子高歌。招手海邊鷗鳥，看我胸中雲夢，蒂芥近如何？楚越等閒耳，肝膽有風波。生平事，天付與，且婆娑。幾人塵外相視，一笑醉顏酡。看到浮雲過了，又恐堂堂歲月，一擲去如梭。勸子且秉燭，爲駐好春過。

疏簾捲春曉，胡蝶忽飛來。遊絲飛絮無緒，亂點碧雲釵。腸斷江南春思，黏著天涯殘夢，賸有首重回。銀蒜且深押，疏影任徘徊。羅帷卷，明月入，似人開。一尊屬月起舞，流影入誰懷？迎得一鉤月到，送得三更月去，鶯燕不相猜。但莫憑欄久，重露濕蒼苔。

今日非昨日，明日復何如？竭來真悔何事，不讀十年書。爲問東風吹老，幾度楓江蘭徑，千里轉平蕪。寂寞斜陽外，渺渺正愁予。　千古意，君知否？只斯須。名山料理身後，也算古人愚。一夜庭前綠遍，三月雨中紅透，天地入吾廬。容易衆芳歇，莫聽子規呼。

長鑱白木柄，劚破一庭寒。三枝兩枝生綠，位置小窗前。要使花顔四面，和著草心千朵，向我十分妍。何必蘭與菊，生意總欣然。　曉來風，夜來雨，晚來煙。是他釀就春色，又斷送流年。（榆案：此句句律誤同前。）便欲誅茅江上，只恐空林衰草，憔悴不堪憐。歌罷且更酌，與子繞花間。

【評】譚獻曰：胸襟學問，醖釀噴薄而出，賦手文心，開倚聲家未有之境。（《篋中詞》三） 陳廷焯曰：皋文《水調歌頭》五章，既沈鬱，又疏快，最是高境。陳、朱雖工詞，究曾到此地步否？不得以其非專門名家少之。熱腸鬱思，若斷仍連，全自風、騷變出。（《白雨齋詞話》四）

相見歡

年年負卻花期。過春時，只合安排愁緒送春歸。 梅花雪，梨花月，總相思。自是春來不覺去偏知。

【評】譚獻曰：信手拈來。（《篋中詞》三）

木蘭花慢 遊絲同舍弟翰風作

是春魂一縷，銷不盡，又輕飛。看曲曲迴腸，愁儂未了，又待憐伊。東風幾回暗翦，儘纏綿、未忍斷相思。除有沈煙細裊，閑來情緒還知。　家山何處？爲春工、容易到天涯。但牽得春來，何曾繫住？依舊春歸。殘紅更無消息，便從今、休要上花枝。待祝梁間燕子，銜他深度簾絲。

【評】譚獻曰：屈曲洞達。（《篋中詞》三）

玉樓春

一春長放秋千静，風雨和愁都未醒。裙邊餘翠掩重簾，釵上落紅傷晚鏡。　朝雲卷盡雕闌暝，明月還來照孤凭。東風飛過悄無蹤，卻被楊花微送影。

【評】譚獻曰：善學子野。（《篋中詞》三）

風流子 出關見桃花

海風吹瘦骨，單衣冷、四月出榆關。看地盡塞垣，驚沙北走；山侵溟渤，疊障東還。人何在？柳柔搖不定，草短綠應難。一樹桃花，向人獨笑；頹垣短短，曲水彎彎。

東風知多少？帝城三月暮，芳思都刪。不爲尋春較遠，辜負春闌。念玉容寂寞，更無人處，經他風雨，能幾多番？欲附西來驛使，寄與春看。

右張惠言詞十首，録自《茗柯詞》。

◎張琦

張琦字翰風，江蘇陽湖人。初名翊，號宛鄰。嘉慶十八年（一八一三）舉人，歷署鄒平、章邱、館陶知縣，所至有政績。工詩、詞、古文及分隸，尤精輿地之學，兼善醫。詞與兄惠言齊名，以乾隆二十九年（一七六四）生，道光十三年（一八三三）卒。著有《戰國策釋地》《素問釋義》《宛鄰文集》《立山詞》等書。

摸魚兒

漸黃昏、楚魂愁斷，啼鵑早又相喚。芳心欲寄天涯路，無奈水遥山遠。春過半。看絲影花痕，罥盡青苔院。好春一片，只付與輕狂，蜂兒蝶子，吹送午塵暗。　關山客，漫説歸期易算。知他多少淒怨？不曾真個東風妒，已是燕殘鶯懶。春晼晚，怕花雨朝來，一霎方塘滿。嫣紅誰伴？儘倚遍回闌，暮雲過盡，空有淚如霰。

【評】譚獻曰：風刺隱然。（《篋中詞》三）

南浦

驚回殘夢，又起來清夜正三更。花影一枝枝瘦，明月滿中庭。道是江南綺陌，卻依然小閣倚銀屏。悵海棠已老，心期難問，何處望高城？忍記當時歡聚，到花時長此託春醒。別恨而今誰訴？梁燕不曾醒。簾外依依香絮，算東風吹到幾時停？向鴛衾無奈，啼鵑又作斷腸聲。

【評】譚獻曰：所謂『深美閎約』。（《篋中詞》三）

右張琦詞二首，録自《立山詞》。

【集評】譚獻曰：翰風與哲兄同撰《宛鄰詞選》，雖町畦未盡，而奧窔始開。其所自爲，大雅遒逸，振北宋名家之緒。其子仲遠序《同聲集》有云：『嘉慶以來名家，均從此出。』信非虚語。周止齋益窮正變，潘四農又持異論，要之倚聲之學，由二張而始尊耳。（《篋中詞》三）

◎嚴元照

嚴元照字修能，一字九能，浙江歸安人。乾隆三十八年（一七七三）生。十歲能作四體書，有奇童之目。致力經傳，絕意仕進，於聲音訓詁之學，多所闡發。嘉慶二十二年（一八一七）卒。著有《爾雅匡名》《娛親雅言》等書，及《柯家山館詞》。朱孝臧題云：『娛親暇，餘事作詞人。廿載柯家山下客，空齋畫扇亦前因。成就苦吟身。』（《彊邨語業》卷三）亦見其品格之高矣。

念奴嬌

紅樓珠箔，護輕寒四面，垂垂不卷。鴛甃幾番連夜雨，添了曉妝春倦。柳待搖波，梅還慳雪，未覺東風輭。橫塘路迴，踏青情緒先懶。望極迢遞春江，歸帆何處？芳草和天遠。欲寄天涯無好夢，夢與行雲都斷。鸞鏡塵昏，獸爐香冷，蕉萃無人管。西園華事，一年判付鶯燕。

【評】譚獻曰：過變以下，沈鬱頓挫。（《篋中詞續》二）

定風波 擬六一詞

一寸光陰一寸金，養華天氣半晴陰。莫管新來人漸老，還要，玉觴華下十分深。往事分明還記得，傾國，清歌一曲墮瑶簪。幾日懨懨成酒病，休問，去年華放到而今。

【評】顧翰曰：深情以淺語出之，使人低回不盡。（《篋中詞續》二引）

右嚴元照詞二首，録自《柯家山館詞》。

◎鄧廷楨

鄧廷楨字嶰筠，江蘇江寧人。嘉慶進士，道光間官兩廣總督。時值禁煙，與英人六接戰，英船皆傷退，終其任不得入虎門。後調閩浙。坐事戍伊犁。旋召回，官至陝西巡撫，精吏治，有神明稱。道光二十六年（一八四六）卒。距生乾隆四十（一七七五）年，年七十二。著有《詩雙聲疊韻譜》《說文解字雙聲疊韻譜》等書。宋翔鳳序其《雙研齋詞》云：『先生持節數省，潔清自守，居處飲食，一如寒素，胸次坦白，耆欲尤鮮。惟於音律，殆由夙授，分刌節度，有顧曲風，而於古人之詞，靡不博綜。其自製詞則雍容和諧，寫其一往。纖摯之音，逖濫之響，與塵坌而共洗，偕風露而俱清，雖所存無多，而所託甚遠。』頗能道出嶰筠詞之深致。

買陂塘 贖裘

悔殘春、鑪邊買醉，豪情脫與將去。雲煙過眼尋常事，怎奈天寒歲暮？寒且住！待積取叉頭，還爾綈袍故。喜餘又怒。悵子母頻權，皮毛細相，斗擻已微蛀。銅斗熨，皺似春波無數。酒痕襟上猶涴。歸來未負三年約，死死生生漫訴。凝睇處，歎毳幕氈廬，久把文姬誤。花風幾度？怕白袷新翻，青蚨欲化，重賦贈行句。

【評】譚獻曰：姿態橫生。（《篋中詞續》）

高陽臺 玉泉山燕集

逕轉疏花，畦連寒菜，籃輿一路秋光。琴筑聲清，冷泉緩瀉鴛漿。憑高莫向闌干倚，倚闌干、容易斜陽。寫閑情，細把金英，淺醉瑤觴。　欃槍未掃鐃歌唱，歎軍符憔悴，戰壘蒼涼。飲至筵開，愁聽滿耳伊涼。卻憐老圃霜華重，怕孤他晚節幽香。乍歸來，鐙火城南，澹月昏黃。

【評】譚獻曰：竟有新亭之淚。（《篋中詞續》）

好事近

雲母小窗虛，窗濾金波疑濕。摇曳柳煙如夢，盪一絲寒碧。天涯猶有未歸人，遥夜耿相憶。料得平沙孤艇，聽征鴻嘹嚦。

【評】譚獻曰：韻勝。（《篋中詞續》）

水龍吟

雪中登大觀亭

關河凍合梨雲，衝寒猶試連錢騎。思量舊夢，黄梅聽雨，危闌倦倚。披氅重來，不分明處，可憐煙水。算夔巫萬里，金焦兩點，誰説與，蒼茫意△？　卻憶蛟臺往事●，耀弓刀、舳艫天際△。而今賸了●，低迷魚艇●，模黏雁字△。
我輩登臨●，殘山送暝●，遠江延醉△。折梅花去也●，城西炬火●，照瓊瑤碎△。

換巢鸞鳳　少穆（林則徐）留鎮兩粵，而余承乏三江，臨行賦此

梅嶺煙宵◎，正南枝意懶●，北蕊香饒◎。甚因催燕睇●，底事趁鴻遙◎？頭番消
息恰春朝◎。蓼汀杏梁●，青雲換巢◎。離亭柳●，漫綰、綫繫人蘭櫂△。思悄△，波
渺渺△。簫鼓月明●，何處長安道△？洗手諳姑●，畫眉詢婿●，三日情懷應惱△。新婦
無端置車帷●，故山還許尋芳草△。珠瀛清●，者襟、期兩地都曉△。

酷相思 寄懷少穆

百五佳期過也未？但笳吹，催千騎。看珠澥盈盈分兩地。君住也，緣何意？儂去也，緣何意？　召緩徵和醫並至。眼下病，肩頭事。怕愁重如春擔不起。儂去也，心應碎！君住也，心應碎！

【評】譚獻曰：三事大夫，憂生念亂，『敦我』之歎，其氣已餒。（《篋中詞續》）

右鄧廷楨詞六首，録自江寧鄧氏精刊本《雙硯齋詞》。

【集評】譚獻曰：鄧嶰筠督部《雙研齋詞》，宋于廷序之。忠誠悱惻，咄唶乎騷人，徘徊乎變雅，將軍白髮之章，門掩黄昏之句，後有論世知人者，當以爲歐、范之亞也。（《復堂日記》）

◎董士錫

董士錫字晉卿，一字損甫，江蘇武進人。嘉慶副貢生，候選直隸州州判。從其舅張惠言學，工古文、詩、賦，兼善填詞，精虞氏《易》。河督黎世塿聘修《續行水金鑑》。著有《齊物論齋集》。

木蘭花慢 武林歸舟中作

看斜陽一縷，剛送得，片帆歸。正岸繞孤城，波回野渡，月暗閑堤。依稀是誰相憶？但輕魂如夢逐煙飛。贏得雙雙淚眼，從教涴盡羅衣。江南幾日又天涯，誰與寄相思？悵夜夜霜花，空林開遍，也只儂知。安排十分秋色，便芳菲總是別離時。惟有醉將醽醁，任他柔櫓輕移。

疏影 庭中桂華盛開，因憶往歲偕亡友江安甫吳山之遊，感而賦此

香林映月，有黃英數樹，金粟重疊。見説亭皋，斜倚晴空，依稀此地離別。西風一夜窗前度，乍變了霜痕葉葉。是耶非？吹到空山，已誤再來時節。　堪笑年年顑頷，鬢絲換幾縷？長共愁絕。自是花工，解釋秋情，染就千枝絳雪。明朝試與簪花去，怕滿鏡星星華髮。莫等閒消受黃昏，斷送玉顏香骨。

風入松 感逝

碧林風樹夜爭鳴，離緒最先驚。分明付與人腸斷，爲秋聲怕聽春聲。卻是清商送我，誰人解道愁生？　莫須收汝淚縱橫，餘恨更難平。斷魂化作

蛛絲去，向簷前黏住紅英。怎祝東風一夜，和他塵夢吹醒？

菩薩蠻 湖上送別

西風日日吹空樹，一林霜葉渾無主。山色接湖光，離情自此長。　離情隨緑草，緑遍江南道。他日望君來，相思又緑苔。

江城子 里中作

寒風相送出層城。曉霜凝，畫輪輕。牆内烏啼，牆外少人行。折盡垂楊千萬縷，留不住，此時情。　紅橋獨上數春星。月華生，水天平。鏡裏夫容，應向臉邊明。金雁一雙飛過也，空目斷，遠山青。

【評】譚獻曰：格高。（《篋中詞》三）

虞美人

韶華爭肯偎人住？已是滔滔去。西風無賴過江來，歷盡千山萬水幾時回？

秋聲帶葉蕭蕭落，莫響城頭角。浮雲遮月不分明，誰挽長江一洗放天青？

憶舊遊 寄題『落花人獨立，微雨燕雙飛』卷子

悵韶華逝水，萬點胭脂，零亂成堆。花面非人面，早芹泥送冷，獨下空階。蕭齋燕兒似惜花落，雙影尚徘徊。又暗雨如絲，和愁織遍，淒絶池臺。

怨離阻，盼舊侶歸時，與訴春懷。淚眼無晴日，有當年笑口，知爲誰開？買歡賸買腸斷，從此怕銜杯。算好夢偏遥，東風慣帶幽恨來。

【評】譚獻曰：鬱勃無端。（《篋中詞續》二）

蘭陵王 江行

水聲咽，中夜蘭橈暗發。殘春在，催暖送晴，九十韶光去偏急。垂楊手漫折，難結，輕帆一葉。離亭遠，歸路漸迷，千里滄波楚天闊。餘寒乍消歇。賸霧鎖花魂，風砭詩骨。茫茫江草連雲濕。悵緑樹鶯老，碧闌蜂瘦，空留檣燕似訴别，向人共愁絶。重疊，浪堆雪。坐縹緲浮槎，煙外飛越。衡山一寸眉彎月，照枉渚疑鏡，亂峰如髮。扁舟獨自，記舊夢，忍細説？

右董士錫詞八首，録自江陰繆氏本《齊物論齋詞》。

【集評】沈曾植曰：《齊物論齋詞》爲臯文正嫡。臯文疏節闊調，猶有曲子律縛不住者。在晉卿則應徽按柱，歛氣循聲，興象風神，悉舉騷雅古懷，納諸令慢。標碧山爲詞家四宗之一，此宗超詣，晉卿爲無上之乘矣。玉田所謂『清空騷雅』者，亦至晉卿而後盡其能事。其與白石不同者，白石有名句可標，晉卿無名句可標，其孤峭在此，不便摹擬亦在此。仲修備識淵源，對之一辭莫贊，毗陵詞人亦更無能嗣響者，可謂門庭峻絶！（《菌閣瑣談》）

◎周濟

周濟字保緒，江蘇荆溪人。一字介存，晚號止庵。嘉慶十年（一八〇五）進士，官淮安府學教授。少與同郡李兆洛、涇縣包世臣以經世學相切劘，兼通兵家言，習擊刺騎射。淮北梟徒爲亂，制府畀以偵緝之任，屢敗擒之。以所得貲購妖姬，養豪客，意氣盛極一時。後悉棄去，隱居金陵春水園，潛心著述。所著《晉略》八十卷，論者謂借史事自抒猷畫，非徒考據而已。生於乾隆四十六（一七八一）年，以道光十九年（一八三九）卒。濟承張惠言之餘緒，又曾從董士錫共商詞學，所輯《宋四家詞選》及《詞辨》，附《介存齋論詞雜著》，獨具手眼，爲世所宗。其《味雋齋詞》自序云：『吾郡自皋文、子居兩先生開闢榛莽，以《國風》《離騷》之指趣，鑄温、韋、周、辛之面目，一時作者競出，晉卿集其成。余與晉卿議論，或合或否，要其指歸，各有正鵠，倘亦知人論世者所取資也？』於此足見其造詣之一斑。朱孝臧題云：『金鍼度，詞辨止庵精。截斷衆流窮正變，一燈樂苑此長明。推演四家評。』（《彊邨語業》卷三）其推許周氏論詞之作，可謂至矣。《味雋齋詞》刊於道光癸未（一八二三），而譚氏《篋中詞》所選十首不在其中，當別有止庵詞刊本耶？往年得《存審軒詞》鈔本，一時無從覓校。

渡江雲 楊花

春風真解事，等閒吹遍，無數短長亭。一星星是恨，直送春歸，替了落花聲。憑欄極目，蕩春波、萬種春情。應笑人、糧幾許春？便要數征程。　冥冥。車輪落日，散綺餘霞，漸都迷幻景。問收向、紅窗畫篋，可算飄零？相逢只有浮雲好，奈蓬萊東指，弱水盈盈。休更惜，秋風吹老蒓羹。

【評】譚獻曰：怨斷之中，豪宕不減。（《篋中詞》三）

滿庭芳 梨花

珍重經年，玲瓏數朵，樓前越樣丰姿。東君著意，開比海棠遲。爛漫群芳似錦，深宵露、洗盡燕支。無人見，亭亭顧影，明月過牆時。　渾疑。逢洛浦，淩波佩解，天懟相思。正團圓果就，怎説將離？一翦紅襟斜度，窺鴛枕、雲想輕移。年年約，湔裙俊侶，沈醉碧頗黎。

【評】譚獻曰：逋峭。（《篋中詞》三）

蝶戀花

柳絮年年三月暮，斷送鶯花，十里湖邊路。萬轉千回無落處，隨儂只恁低低去。滿眼頹垣攲病樹，縱有餘英，不直封姨妒。煙裏黄沙遮不住，河流日夜東南注。

【評】譚獻曰：渾灝。（《篋中詞》三）

蝶戀花

絡緯啼秋啼不已，一種秋聲，萬種秋心裏。殘月似嫌人未起，斜光直透羅幃底。　喚起閑庭看露洗，薄翠疏紅，畢竟能餘幾？記得春花真似綺，誰將片片隨流水？

右周濟詞四首，録自譚氏《篋中詞》三。

【集評】蔣敦復曰：借得先生《存審軒詞》一卷，讀之，是真得『意内言外』之旨。蓋先生少年時，與張皋文、翰風兄弟同里相切劘，又與董晉卿各致力於詞，啟古人不傳之秘。近來浙、吴二派俱宗南宋，獨常州諸公能瓣香周、秦，以上窺唐人微旨，先生其眉目也。（《芬陀利室詞話》卷一）　譚獻曰：《茗柯詞選》出，倚聲之學，日趨正鵠。張氏甥董晉卿，造微踵美，予未得其全集。止庵切磋於晉卿，而持論益精。其言曰：『慎重而後出之，馳騁而變化之，胸襟醖釀，乃有所寄。』又曰：『詞非寄託不入，專寄託不出。一物一事，引伸觸類，意感偶生，假類必達，斯入矣。萬感横集，五中無主，赤子隨母笑號，野人緣劇喜怒，能出矣。』以予所見周氏撰定《詞辨》《宋四家詞筏》（案即《宋四家詞選》），推明張氏之旨而廣大之，此道遂與於著作之林，與詩賦文筆同其正變也。止庵自爲詞，精密純正，與茗柯把臂入林。（《篋中詞》三）又曰：《四家詞選》爲後來定本，陳義甚高，勝於《宛鄰詞選》，即潘四農亦無可詆諆矣。『以有寄託入，以無寄託出』，千古文章之能事盡矣，豈獨填詞爲然。（《復堂日記》）

◎周之琦

周之琦字稚圭，號退庵，河南祥符人。嘉慶十三年（一八〇八）進士，由翰林院編修，累官廣西巡撫，以病乞休。生於乾隆四十七年（一七八二），同治元年（一八六二）卒。輯有《心日齋十六家詞選》。譚獻稱其『截斷衆流，金鍼度與，雖未及皋文、保緒之陳義甚高，要亦倚聲家疏鑿手』。（《篋中詞》三）其自爲詞有《心日齋詞》四種。朱孝臧題云：『舟如葉，著岸是君恩。一夢金梁餘舊月，千年玉笥有歸雲。片席蜕巖分。』（《彊邨語業》卷三）其詞格故與元張翥爲近也。第一種爲《金梁夢月詞》，有寫刻本，絶精。

好事近 四首

輿中雜書所見，得四闋。

杭葦岸纔登，行入亂峰層碧。十里平沙淺渚，又渡頭人立。　笴將摇夢上輕舟，舟尾浪花濕。恰好烏篷小小，載一肩秋色。自獲鹿至井陘，日三四問渡。

詩句夕陽山，扇底故人曾説。好是固關西去，看萬山紅葉。翠蛟潭上認題名，屐齒爲君折。驀地蘚花濃處，出一雙胡蝶。陳受笙畫扇贈行，題詩有『好山都在固關西』之句。

峻坂怯肩輿，引綆兩行猶弱。幾日牽船岸上，只蒲帆難著。一聲壁月大隄頭，舊夢定誰託？何似春風天半，挽秋千紅索？入太行道中，輿前以索挽之。

引手摘星辰，雲氣撲衣如濕。前望翠屏無路，忽天門中闢。等閒雞犬下方聽，人住半山側。行蹋千家簷宇，看炊煙斜出。南天門尤陡峻，人多鑿窯而居。

踏莎行

勸客清尊，催詩畫鼓。酒痕不管衣襟汙。玉笙誰與唱消魂？醉中只想瞢騰去。　綺席頻邀，高軒慣駐。悶來卻覓棲鴉語。城頭一角晉陽山，怪他青到無人處。

思佳客

帊上新題閒舊題，苦無佳句比紅兒。生憐桃蕚初開日，那信楊花有定時？　人悄悄，書遲遲。殷勤好夢托蛛絲。繡幃金鴨薰香坐，說與春寒總未知。

【評】譚獻曰：唐人佳境，寄託遥深，《珠玉》《六一》之遺音也。（《篋中詞》三）

三姝媚

海淀集賢院，有水石花柳之勝，余歲或數十信宿。戊寅春暮，獨遊池畔，萬物賦情，弁陽翁所謂「薄酒孤吟」者也。

交枝紅在眼。蕩簾波香深，鏡瀾痕淺。費盡春工，占勝遊惟許，等閒鶯燕。朱欄廊迴，盈退粉、蛛絲偷罥。小影玲㻞，冷到梨雲，便成秋苑。容易題襟催散。又酒逐花迷，夢將天遠。繫馬垂楊，但翠眉遠識，舊時人面。暗數韶華，空笑我、櫻桃三見。勝有盈盈胡蝶，西窗弄晚。

【評】譚獻曰：工力甚深。（《篋中詞》三）

瑞鶴仙

四月六日出都，小憩蘆溝橋，偶述

柳絲征袂綰。試錦羽初程，玉驄猶戀。銅街佩聲遠。向天邊回首，故人如面。藤陰翠晚，但怪得、琴尊夢短。有遊蜂、知我心期，剛是褪紅曾見。還看。珠巢題字，墨暈初乾，酒痕微泫。晴雲乍展。春已在、驛橋畔。問柔波一樣，仙源流下，爲底人間較淺？要重尋、京邑塵香，素襟漫浣。

【評】譚獻曰：仲宣灞岸之篇。（《篋中詞》三）

青衫濕遍

道光己丑夏五，余有騎省之戚，偶效納蘭容若詞爲此。雖非宋賢遺譜，音節有可述者。

瑶簪墮也，誰知此恨，只在今生？怕説香心易折，又争堪、燼落殘燈。憶兼旬、病枕慣瞢騰。看宵來、一樣懨懨睡，尚猜他、夢去還醒。淚急翻嫌錯莫，魂消直恐分明。回首並禽棲處，書帷鏡檻，憐我憐卿。暫別常憂道遠，況淒然、泉路深扃。有銀箋、愁寫瘞花銘。漫商量、身在情長在，縱無身、那便忘情？最苦梅霖夜怨，虛窗遞入秋聲。

夜半樂 夜趨劍關，中途大雷雨，侵晨始抵宿處

暮天畏景將下，輕陰城郭，催喚雕鞍去。到萬笏尖峰，晚涼佳處。壞雲漸展，狂飆驟發，片時丹嶂冥迷，絳河傾注。更迎面、砰擊震雷鼓。闇中磴道曲折，蟻磨驚旋，馬蹄愁誤。怕小小籃輿，山靈留住。亂流趨壑，崩厓轉石，一肩穩載吟魂，等閒偷度。曉鐘外、羊腸忍回顧？卧想今夕，犯險虛

勞，快心終阻。行不得、空慚鷓鴣語，耐炎曦、休恨汗濕齊紈縷。還僂指、幾日消煩暑，邵平瓜買青門路。

右周之琦詞十首，録自《心日齋詞》

【集評】黄燮清曰：《夢月詞》渾融深厚，語語藏鋒，北宋瓣香，於斯未墜。（《詞綜續編》）

◎龔自珍

龔自珍字璱人，號定庵，浙江仁和人。更名鞏祚。道光九年（一八二九）進士，授内閣中書，陞宗人府主事，尋改禮部，告歸不復出。博學，負才氣，於經通《公羊春秋》，於史長西北輿地，晚尤好佛乘。其文導源周、秦諸子，沈博奥衍，自成一家。生於乾隆五十七年（一七九二），以道光二十一年（一八四一）卒。生平著作甚富，已刊者有《定盦詩文集》及《定盦詞》等。

浪淘沙　寫夢

好夢最難留，吹過仙洲。尋思依樣到心頭。去也無蹤尋也慣，一桁紅樓。　中有話綢繆，燈火簾鉤。是仙是幻是温柔。獨自淒涼還自遣，自製離愁。

如夢令

紫黯紅愁無緒，日暮春歸甚處？春更不回頭，撇下一天濃絮。春住！春住！黦了人家庭宇。

鵲踏枝 過人家廢園作

漠漠春蕪春不住，藤刺牽衣，礙卻行人路。偏是無情偏解舞，濛濛撲面皆飛絮。繡院深沈誰是主？一朵孤花，牆角明如許。莫怨無人來折取，花開不合陽春暮。

減蘭

偶檢叢紙中，得花瓣一包，紙背細書辛幼安『更能消幾番風雨』一闋，乃是京師憫忠寺海棠花，戊辰暮春所戲爲也，泫然得句。

人天無據，被儂留得香魂住。如夢如煙，枝上花開又十年。　十年千里，風痕雨點斕斑裏。莫怪憐他，身世依然是落花。

摸魚兒

二月八日，重見於紅茶花下，擬之明月入手，彩雲滿懷。

笑銀釭、一花宵綻，當筵即事如許。我儂生小幽并住，悔不十年吴語。憑聽取，算未要量珠，雙角山頭路。生來蓬户，只阿母憨憐，年華嬌長，寒暖仗郎護。

箏和笛，十載教他原誤。人生百事辛苦。五侯門第非儂宅，賸可五湖同去。卿信否？便千萬商量，千萬依分付。花間好住！倘燕燕歸來，紅簾雙捲，認我寫詩處。

浪淘沙 書願

雲外起朱樓，縹緲清幽。笛聲叫破五湖秋。整我圖書三萬軸，同上蘭舟。

鏡檻與香篝，雅憺温柔。替儂好好上簾鉤。湖水湖風涼不管，看汝梳頭。

卜算子

江上有高樓，可似湖樓迴？樓外文波曲曲通，不駐驚鴻影。

蘋葉弄

斜暉，蘭蕊彫明鏡。翦盡秋花漠漠寒，人卧江南病。

南浦

端陽前一日，伯恬填詞題驛壁上，淒魂曼絶，余亦繼聲

羌笛落花天，辦香韉兩兩，愁人歸去。連夜夢魂飛，飛不到天塹東頭煙樹。空郵古戍，一燈敗壁然詩句。不信黃塵，消不盡、摘粉搓脂情緒。登車切莫回頭，怕回頭還見，高城尺五。城裏正端陽，香車過、多少青紅兒女？吟情太苦。歸來未算年華誤。一劍還君君莫問，換了江關詞賦。

人月圓

緑珠不愛珊瑚樹，情願故侯家。青門何有？幾堆竹素，一頃梅花。急須料理，成都貰酒，陽羨栽茶。甘心費盡，三生慧業，萬古才華。

定風波

燕子磯頭擫笛吹，平明沈玉大王祠。無數蛾眉深院裏，晏起，曉霜江上阿誰知？　山詭潮奔千萬變，當面，身輕要喚鯉魚騎。驀地江斐催我去，飛渡，樽前説與定何時？

右龔自珍詞十首，録自《定盦詞》。

【集評】譚獻曰：定公能爲飛仙、劍客之語，填詞家長爪梵志也。昔人評山谷詩，『如食蝤蛑，恐發風動氣』，予於定公亦云。（《篋中詞》四）又曰：閲定盦詩詞新刻本，詩佚宕曠邈，而豪不就律，終非當家；詞縣麗飛揚，意欲合周、辛而一之，奇作也。（《復堂日記》）

◎項廷紀

項廷紀原名繼章，又名鴻祚，字蓮生，浙江錢塘人。道光壬辰（一八三二）舉人，春官不第。越二年（一八三五）卒，距生嘉慶三年（一七九八），年僅三十八歲。著有《憶雲詞甲乙丙丁稿》，其自序云：「生幼有愁癖，故其情豔而苦，其感於物也鬱而深；連峰巉巉，中夜猿嘯，復如清湘戛瑟，魚沈雁起，孤月微明；其窅敻幽淒，則山鬼晨吟，瓊妃暮泣，風鬟雨鬢，相對支離；不無累德之言，抑亦傷心之極致矣！」（《甲稿序》）又云：「不爲無益之事，何以遣有涯之生？時異境遷，結習不改，《霜花腴》之賸稿，《念奴嬌》之過腔，茫茫誰復知者？」（《丙稿序》）又云：「當沈鬱無憀之極，僅托之綺羅薌澤以洩其思，蓋辭婉而情傷矣！」（《丁稿序》）於此略見作者之情趣。朱孝臧題云：「無益事，能遣有涯生。自是傷心成結習，不辭累德爲閑情。茲意了生平。」（《彊邨語業》卷三）亦約廷紀自序言之也。

綺羅香 感舊

簾影移香，池痕浸淥，重到藏春朱户。小立牆陰，猶認舊題詩句。記西園、撲蝶歸來，又南浦、片颿初去。料如今、塵滿窗紗，佳期回首碧雲暮。華年渾似流水，還怕啼鵑催老，亂鶯無主。一樣東風，吹送兩邊愁緒。正畫闌、紅藥飄殘，是前度、玉人憑處。賸空庭、煙草淒迷，黃昏吹暗雨。

減字木蘭花　春夜聞隔牆歌吹聲

闌珊心緒，醉倚綠琴相伴住。一枕新愁，殘夜花香月滿樓。　繁笙脆管，吹得錦屏春夢遠。只有垂楊，不放秋千影過牆。

湘月

壬午九月，避喧於南山之甘露院，就泉分茗，移枕看山，相羊浹旬，塵念都凈。出院不百步，越小嶺，即虎跑也。當月夜獨遊，清寒特甚，賦《念奴嬌鬲指聲》一闋紀之。

繩河一雁，帶微雲澹月，吹墮秋影。風約疏鐘，似喚我、同醉寺橋煙景。

黄葉聲多，紅塵夢斷，中有檀欒徑。空明積水，詩愁浩蕩千頃。乘興欲叩禪關，殘螢幾點，颭寒星不定。清夜湖山，肯付與、詞客閑來消領？跨鶴天高，盟漚緣淺，心事塘蒲冷。朔風狂嘯，滿林宿鳥都醒。

清平樂　池上納涼

水天清話，院静人銷夏。蠟炬風摇簾不下，竹影半牆如畫。　醉來扶上桃笙，熟羅扇子涼輕。一霎荷塘過雨，明朝便是秋聲。

太常引　客中聞歌

杏花開了燕飛忙，正是好春光。偏是好春光，者幾日、風淒雨涼。　楊枝飄泊，桃根嬌小，獨自箇思量。剛待不思量，吹一片、簫聲過牆。

百字令 將遊鴛湖，作此留別

啼鶯催去，便輕風東下，居然遊子。我似春風無管束，何必揚舲千里？且去范官柳初垂，野棠未落，纔近清明耳。歸期自問，也應芍藥開矣。蠡橋邊，試盟漚鷺，領略江湖味。須信西泠難夢到，相隔幾重煙水。翦燭窗前，吹簫樓上，明日思量起。津亭回望，夕陽紅在船尾。

三犯渡江雲

余今年二月客山陰，三月客禾中，四月、七月一再至吳門，遂北渡揚子，遊金、焦兩山，留維揚六日。竭來故山，怳焉如夢。塵衣未浣，又爲豫章之行。登舟惘惘，扣舷而歌，彌覺旅懷之淒黯矣！

斷潮流月去，柁樓碎語，侵曉掛飄初。一行沙上雁，又被西風，吹影落江湖。紅牆漸遠，拂征衣、自歎清臞。最淒涼、疏萍賸梗，飄泊意何如？　愁余。黃花舊徑，修竹吾廬，是離魂來處。料此後、詩邊酒冷，夢裏燈孤。停船莫近投書浦，況路長、容易無書。歸便早，今年總負鱸魚。

水龍吟　秋聲

西風已是難聽，如何又著芭蕉雨？泠泠暗起，澌澌漸緊，蕭蕭忽住。候館疏碪，高城斷鼓，和成淒楚。想亭皋木落，洞庭波遠，渾不見，愁來處。　此際頻驚倦旅，夜初長、歸程夢阻。砌蛩自歎，邊鴻自唳，翦燈誰語？莫更傷心，可憐秋到，無聲更苦。滿寒江賸有，黃蘆萬頃，卷離魂去。

八聲甘州 黃葉樓賦夕陽

界斜紅颺出晚晴天，相看轉淒然。甚悤悤只是，横催雁陣，低照漚眠？樹外山眉襯黛，遠道草芊芊。一段蒼茫意，都付樊川。　漢闕秦宮何處？送幾聲畫角，吹老華年。儘歡遊長好，到此黯流連。倚江樓、玉人凝望，帶西風、帆影落窗前。愁無限，近黃昏也，新月籠煙。

玉漏遲 冬夜聞南鄰笙歌達曙

病多歡意淺，空篝素被，伴人悽惋。巷曲誰家，徹夜錦堂高讌。　一片氍毹月冷，料燈影、衣香烘軟。嫌漏短。漏長卻在，者邊庭院。　沈郎瘦已經年，更懶拂冰絲，賦情難遣。總是無眠，聽到笛慵簫倦。咫尺銀屏笑語，早簷、角鶩烏啼亂。殘夢遠，聲聲曉鐘敲斷。

臨江仙 擬南唐後主

亂紅窣地春無主，宿寒猶戀屏幃。夢中何日是歸期？玉臺金屋，空逐彩雲飛。　煙月不知人事改，夜深來照花枝。蕙鑪香燼漏聲遲。闌珊燈火，殘醉欲醒時。

謁金門 擬孫光憲

留不得！留也不過今日。今日雲帆天咫尺，明朝何處覓？　江上湖平風急，吹斷幾聲殘笛？獨倚小樓寒惻惻，欲眠燈又黑。

右項廷紀詞十二首，録自《榆園叢刻》本《憶雲詞》。

【集評】譚獻曰：蓮生，古之傷心人也！盪氣迴腸，一波三折，有白石之幽澀而去其俗，有玉田之秀折而無其率，有夢窗之深細而化其滯，殆欲前無古人。其《乙稿自序》：『近日江南諸子，競尚填詞，辨韻辨律，翕然同聲，幾使姜、張頫首。及觀其著述，往往不逮所言。』云云，婉而可思。又《丙稿序》云：『不爲無益之事，何以遣有涯之生？』亦可以哀其志矣。以成容若之貴，項蓮生之富，而填詞皆幽豔哀斷，異曲同工，所謂別有懷抱者也。（《篋中詞》四）

◎陳澧

陳澧字蘭甫，廣東番禺人，原籍上元。道光壬辰（一八三二）舉人，六應會試，不售，官河源縣學訓導。泛覽群籍，凡天文，地理，樂律，算術，古文、駢體文，填詞，篆、籀、真、行書，無不精究。先後主講學海堂及菊坡精舍。所著書：《漢儒通義》《東塾讀書記》，力排漢宋門户之見。又有《聲律通考》《切韻考》等。生於嘉慶十五年（一八一〇），卒於光緒八年（一八八二）。所爲《憶江南館詞》一卷，朱孝臧題云：『甄詩格，淩沈幾家參。若舉經儒長短句，巋然高館憶江南。綽有雅音涵。』（《彊邨語業》卷三）余嘗見其手批《山中白雲詞》，並從其門人汪兆鏞處傳録所翻白石《暗香》《疏影》二曲譜，亦足略窺其所宗尚矣。

水龍吟

壬辰九月之望，吾師程春海先生，與吴石華學博，登粤秀山看月，同賦此調，都不似人間語，真絶唱也！今十五年，兩先生皆化去。余於此夜，與許青皋、桂皓庭登山，徘徊往蹟，淡月微雲，增我怊悵，即次原韻。

詞仙曾駐峰頭，鸞吟縹緲來天際。成連去後，冰絃彈折，百重雲水。碧月仍圓，蒼山不改，舊時煙翠。只長林墜葉，西風過處，都吹作，秋聲起。此夜三人對影，倚高寒、紅塵全洗。珠江滾滾，暗潮銷盡，十年心事。欲問青天，素娥卻似，霧迷三里。賸出山迴望，鐙明佛屋，有閑僧睡。

齊天樂 十八灘舟中夜雨

倦遊諳盡江湖味，孤篷又眠秋雨。碎點飄鐙，繁聲落枕，鄉夢更無尋處。幽蛩不語，只斷葦荒蘆，亂垂煙渚。一夜瀟瀟，惱人最是繞隄樹。清吟此時正苦。漸寒生竹簟，秋意如許。古驛疏更，危灘急溜，併作天涯離緒。歸期又誤。望庾嶺模糊，濕雲無數。鏡裏明朝，定添霜幾縷。

摸魚兒

東坡《江郊詩序》云：『歸善縣治之北，數百步抵江，少西有磐石小潭，可以垂釣。』余訪得之，題以此闋。

繞城陰、雁沙無際，水光摇漾千頃。蒼崖落地平於掌，濕翠倒涵天鏡。風乍定。看絶底明漪，曾照東坡影。林煙送暝。只七百年來，斜陽换盡，一片古苔冷。　幽尋處，付與牧村樵徑。江郊詩句誰省？平生我亦煙波客，笠屐儻堪持贈？雲水性，便挈鷺提鷗，占取無人境。商量晝幰。向碎竹叢邊，荒蘆葉畔，添個小漁艇。

甘州

惠州朝雲墓，每歲清明，傾城女士，酹酒羅拜。坡公詩云：『丹成逐我三山去，不作巫陽雲雨仙。』余謂朝雲倘隨坡公仙去，轉不如死葬豐湖耳。

漸斜陽淡淡下平堤，塔影浸微瀾。問秋墳何處？荒亭葉瘦，廢碣苔斑。一片零鐘碎梵，飄出舊禪關。杳杳松林外，添做蕭寒。須信竹根長臥，勝丹成遠去，海上三山。只一抔香冢，占斷小林巒。似家鄉、水仙祠廟，有西湖爲鏡照華鬘。休腸斷，玉妃煙雨，謫墮人間。

高陽臺

元日獨遊豐湖，湖邊有張氏園林，叩門若無人者，遂過黃塘寺，啜茗而返。憶去年此日，遊南昌螺墩，不知明年此日，又在何處也？

新曙湖山，釃寒城郭，釣船猶閣圓沙。短策行吟，何曾負了韶華？虛亭四面春光入，愛遥峰、綠到簷牙。欠些些，幾縷垂楊，幾點桃花。去年今日螺墩醉，記石苔留墨，窗竹摇紗。底事年年，清遊多在天涯？平生最識閑中味，覓山僧、同説煙霞。卻輸他，斜日關門，近水人家。

百字令

夏日過七里瀧，飛雨忽來，涼沁肌骨。推篷看山，新黛如沐，嵐影入水，扁舟如行綠頗黎中。臨流洗筆，賦成此闋。儻與樊榭老仙倚笛歌之，當令衆山皆響也。

江流千里，是山痕寸寸，染成濃碧。兩岸畫眉聲不斷，催送蒲帆風急。疊石皴煙，明波蘸樹，小李將軍筆。飛來山雨，滿船涼翠吹入。便欲艤棹蘆花，漁翁借我，一領閑蓑笠。不爲鱸香兼酒美，只愛嵐光呼吸。野水投竿，高臺嘯月，何代無狂客？晚來新霽，一星雲外猶濕。

右陳澧詞六首，録自廣州刊本《憶江南館詞》。

【集評】譚獻曰：蘭甫先生，孫卿、仲舒之流，文而又儒，粹然大師，不廢藻詠。填詞朗詣，洋洋乎會於風雅，乃使綺靡、奮厲兩宗，廢然知反。（《篋中詞續》二）

◎許宗衡

許宗衡字海秋，江蘇上元人。嘉慶十六年（一八一一）生。咸豐進士，官至起居注主事。同治八年（一八六九）卒。著有《玉井山館文略》《玉井山館詩餘》。

西窗燭 寒月，和青耜

薊門煙樹，照影蒼涼，啼鴉驚拍風翅。茫茫千里關山白，似雪路冰河，欲歸無地。憶舊遊夢裏簫聲，良夜歡悰如墜。和愁睡。玉宇瓊樓，人間天上，都是尋常事。便教萬古團欒好，恐耐到鷄鳴，也非容易。忍思量、金粟前身？凍合三生清淚。

【評】譚獻曰：骨折魂驚，語語沈痛。（《篋中詞》四）

中興樂 初秋同人登龍樹寺淩虛閣，依李德潤《瓊瑤集》體

繞樓一帶薜蘿牆，西風瑟瑟橫塘。眼前春色，垂柳垂楊。蘆花容易如霜。雁聲長，幾時飛到？高城遠樹，亂堞斜陽。十年冠劍獨昂藏，古來事事堪傷。狐狸誰問？何況豺狼！薊門山影茫茫。好秋光。無端孤負，闌干倚遍，風物蒼涼。

【評】譚獻曰：止葊《詞辨》所謂「既成格調求實，實則精力彌滿」者也。（《篋中詞》四）

百宜嬌 道光己酉秋日，雨中與西澗飲揚州湖舫

倚帽愁煙，泊舟疑夢，淒絶那知遊倦？遠樹遮樓，望中人杳，落葉滿天殘恨。誰從吟處，尚記得湖山春影。驀孤篷、點點秋聲，與君宜醉休醒。空

惆悵、酒杯易暝。雲色作濃陰，暮晴無準。三月桃花，一隄楊柳，簫鼓當時曾聽。荒園廢冢，怕此後、鶯聲難問。趁羈孤百感茫茫，雨斜風整。

【評】譚獻曰：宋玉微詞，蘭成小賦。（《篋中詞》四）

右許宗衡詞三首，録自《玉井山館詩餘》。

【集評】譚獻曰：海秋先生，傷心人别有懷抱，胸襟醞釀，非尋常文士，度越少鶴通政，爲近詞一大宗。（《篋中詞》四）

◎蔣春霖

蔣春霖字鹿潭，江蘇江陰人。父尊典，官荆門州。春霖以嘉慶二十三年（一八一八）生，隨侍任所。嘗登黄鶴樓，賦詩，老宿斂手，一時有『乳虎』之目。父殁，家中落，奉母遊京師。既連不得志於有司，乃棄舉業，就兩淮鹺官，非其志也。咸豐壬子（一八五二），權富安場大使。丁巳（一八五七）遭母憂，始去官，挈家揚州之東臺，居焉。庚辛之際，兵事方急，徐溝喬松年、嘉善金安清，先後爭致之。春霖抵掌陳當世利弊甚辯，謇侃奮發，不以屬吏自撓。上官亦禮遇之，不爲牾也。同治戊辰（一八六八）冬，將訪上元宗源瀚於衢州，道吴江，艤舟垂虹橋，一夕而卒，年五十一。姬人黄婉君殉焉。春霖故力於詩，中歲悉摧燒之，一意於詞。晚年删存數十闋，爲《水雲樓詞》二卷，杜文瀾刻之《曼陀羅閣叢書》中。源瀚爲刊補遺一卷。江陰金武祥復刻其遺詩，入《粟香叢書》，題曰《水雲樓燼餘稿》。（節録武祥所著《蔣春霖傳》）

木蘭花慢 江行晚過北固山

泊秦淮雨霽，又鐙火，送歸船。正樹擁雲昏，星垂野闊，暝色浮天。蘆邊夜潮驟起，暈波心月影，盪江圓。夢醒誰歌楚些？泠泠霜激哀絃。嬋娟。不語對愁眠，往事恨難捐。看莽莽南徐，蒼蒼北固，如此山川。鉤連更無鐵鎖，任排空檣艣自迴旋。寂寞魚龍睡穩，傷心付與秋煙。

【評】譚獻曰：子山、子美，把臂入林。（《篋中詞》五）

浪淘沙

雲氣壓虛闌，青失遥山。雨絲風絮一番番。上巳清明都過了，只是春寒。　華發已無端，何況華殘？飛來胡蝶又成團。明日朱樓人睡起，莫卷簾看。

【評】譚獻曰：鄭湛侯爲予言：『此詞本事，蓋感兵事之連結，人才之惰窳而作。』（《篋中詞》五）

柳梢青

芳草閑門，清明過了，酒滯香塵。白楝華開，海棠華落，容易黃昏。東風陣陣斜曛，任倚遍紅欄未温。一片春愁，漸吹漸起，恰似春雲。

【評】譚獻曰：自然。（《篋中詞》五）

踏莎行

癸丑三月賦

疊砌苔深，遮窗松密。無人小院纖塵隔。斜陽雙燕欲歸來，卷簾錯放楊華入。　蜨怨香遲，鶯嫌語澀。老紅吹盡春無力。東風一夜轉平蕪，可憐愁滿江南北。

甘州 甲寅元日，趙敬甫見過

又東風喚醒一分春，吹愁上眉山。趁晴梢賸雪，斜陽小立，人影珊珊。避地依然滄海，險夢逐潮還。一樣貂裘冷，不似長安。多少悲笳聲裏，認怱怱過客，草草辛盤。引吴鉤不語，酒罷玉犀寒。總休問、杜鵑橋上，有梅花、且向醉中看。南雲暗，任征鴻去，莫倚闌干。

【評】陳廷焯曰：鹿潭深於樂笑翁，故措語多清警，最豁人目。此篇情味尤深永，乃真得玉田神理，又不僅在皮相也。（《白雨齋詞話》五）

憶舊遊

記星街掩柳，雨徑穿莎，悄叩閑門。酒態添華活，任翩翻燕子，偷啄紅巾。篆銷萬重心字，窗影護憨雲。甚飛絮年光，緑陰滿地，斷送春人？癡魂。

正無賴，又琵琶弦上，迸起煙塵。鴻影驚回雪，悵天寒竹翠，色暗羅裙。黛蛾更羞重門，避面月黄昏。教説與東風，垂楊淡碧吹夢痕。

鷓鴣天

楊柳東塘細水流，紅窗睡起唤晴鳩。屏間山壓眉心翠，鏡裏波生鬢角秋。　臨玉管，試瓊甌。醒時題恨醉時休。明朝華落歸鴻盡，細雨春寒閉小樓。

【評】譚獻曰：字字用意，氣體甚高，不易到也。（《篋中詞》五）

角招

壬子正月，遊慈慧寺。舟穿梅華林，曲折數里而至。石峰陗碧，沙水明潔，佛樓藏松陰中，清涼悅人。十年後與郭堯卿復過其地，則夕烽不遠，寺門闃然閉，梅樹半摧爲薪，存者亦蕉萃如不欲華。堯卿謂：『白石正角招譜，後罕有和者，曷倚新聲紀今日事？』余既命筆硯，堯卿擊節而歌，蓋淒然不可卒聽也！

暮寒際，誰家尚遺扁舟，去看煙水？艣枝沙外倚，忘卻那回，華下游事。山靈倦矣！漸露出、雙峰憔悴。十里寒香何在？賸千萬樹梅魂，伴銅仙垂淚。

還喜，梵王殿址，松梢塔影，陳跡殘僧指。四闌仍畫裏。戍角聲聲，當年無此。霜楓滿地，更懶問、歸人歸未？月上西風又起。怕潮落石橋灣，愁難洗。

虞美人

水晶簾卷澂濃霧，夜靜涼生樹。病來身似瘦梧桐，覺道一枝一葉怕秋風。 銀潢何日銷兵氣？劍指寒星碎。遥憑南斗望京華，忘卻滿身清露在天涯。

【評】譚獻曰：『斜陽煙柳』，謝其温厚。（《篋中詞》五）

卜算子

燕子不曾來，小院陰陰雨。一角闌干聚落華，此是春歸處。 彈淚别東風，把酒澆飛絮：化了浮萍也是愁，莫向天涯去！

【評】陳廷焯曰：鹿潭窮愁潦倒，抑鬱以終，悲憤慷慨，一發於詞，如《卜算子》云云，何其淒怨若

此！（《白雨齋詞話》五）

唐多令

楓老樹流丹，蘆華吹又殘。繫扁舟、同倚朱闌。還似少年歌舞地，聽落葉，憶長安。　哀角起重關，霜深楚水寒。背西風歸雁聲酸。一片石頭城上月，渾怕照，舊江山。

臺城路

金麗生自金陵圍城出，爲述沙洲避雨光景，感成此解。時畫角咽秋，燈焰慘緑，如有鬼聲在紙上也。

驚飛燕子魂無定，荒洲墜如殘葉。樹影疑人，鴞聲幻鬼，敧側春冰途滑。

頽雲萬疊。又雨擊寒沙，亂鳴金鐵。似引宵程，隔溪磷火乍明滅。江間奔浪怒湧，斷笳時隱隱，相和嗚咽。野渡舟危，空村草濕，一飯蘆中淒絶。孤城霧結。賸罥網離鴻，怨啼昏月。險夢愁題，杜鵑枝上血。

【評】陳廷焯曰：狀景逼真，有聲有色。（《白雨齋詞話》五）

臺城路 易州寄高寄泉

兩年心上西窗雨，闌干背燈敲遍。雪擁驚沙，星寒大野，馬足關河同賤。羈愁數點。問春去秋來，幾多鴻雁？忘卻華顛，昔時顔色夢中見。青衫鉛淚似洗，斷笳明月裏，涼夜吹怨。古石鼓臺，悲風咽筑，酒罷哀歌難遣。飛華亂卷。對萬樹垂楊，故人青眼。霧隱孤城，夕陽山外遠。

【評】譚獻曰：豪竹哀絲，一時並奏，『馬足』句千古。（《篋中詞》五）

琵琶仙

五湖之志久矣！羈累江北，苦不得去。歲乙丑，偕婉君泛舟黄橋，望見煙水，益念鄉土，譜白石自度曲一章，以空侯按之。婉君曾經喪亂，歌聲甚哀。

天際歸舟，悔輕與、故國梅華爲約。歸雁啼入空侯，沙洲共飄泊。寒未減、東風又急，問誰管、沈腰愁削？一舸青琴，乘濤載雪，聊共斟酌。更休怨、傷別傷春，怕垂老、心情漸非昨。彈指十年幽恨，損蕭娘眉萼。今夜冷、篷窗倦倚，爲月明、强起梳掠。怎奈銀甲秋聲，暗回清角。

【評】譚獻曰：屈曲洞達，齊、梁書體。（《篋中詞》五）

右蔣春霖詞十四首，録自曼陀羅華閣本《水雲樓詞》。

【集評】李肇增曰：君爲詩恢雄骯髒，若《東淘雜詩》二十首，不減少陵秦州之作。乃易其工力爲長短句，鏤情劖恨，轉豪於銖黍之間，直而緻，沈而姚，曼而不靡，嗚呼！君之詞亦工矣。君嘗謂：『詞祖樂府，與詩同源。俍薄破碎，失風、雅之旨。情至韻會，溯寫風流，極温深怨慕之意，亦未知其同與異否也。』故以此悉力於詞，登山臨川，傷離悼亂，每有感慨，於是乎寄。（《水雲樓詞序》）譚獻曰：文字無大小，必有正變，必有家數。水雲樓詞，固清商變徵之聲，而流别甚正，家數頗大，與成容若、項蓮生，二百年中，分鼎三足。咸豐兵事，天挺此才，爲倚聲家杜老，而晚唐、兩宋一唱三歎之意則已微矣！或曰：『何以與成、項並論？』應之曰：阮亭、葆酚一流爲才人之詞，宛鄰、止庵一派爲學人之詞，惟三家是詞人之詞，與朱、厲同工異曲，其他則旁流羽翼而已。（《篋中詞》五）又曰：水雲樓詞，婉約深至，時造虚渾，要爲第一流矣。（《復堂日記》）陳廷焯曰：蔣鹿潭《水雲樓詞》二卷，深得南宋之妙，於諸家中尤近樂笑翁。竹垞自謂學玉田，恐去鹿潭尚隔一層也。又曰：詞至國初而盛，至毗陵而後精。近時詞人，莊中白叟乎不可尚已。譚氏仲修，亦駸駸與古爲化。鹿潭稍遜皋文、莊、譚之古厚，而才氣甚雄，亦鐵中錚錚者。（《白雨齋詞話》五）朱孝臧曰：水雲詞，盡人能誦其雋快之句，嘉、道間名家，可稱巨擘，宜復翁仰倒賞擊，而有會於冰叔（李肇增）之言也。顧其氣格駁而不純，比之蓮生差近之，正惟其才僅足爲詞耳。（手批《篋中詞》）

◎薛時雨

薛時雨字慰農，晚號桑根老農，滁州全椒人。嘉慶二十三年（一八一八）生。道光二十三年（一八四三）舉於鄉，以母病，不應禮部試。至咸豐三年（一八五三）始成進士，出知嘉善，遷杭州府，兼署督糧道，代行布政、按察兩司事。以疾歸，主杭州崇文，江寧尊經、惜陰三書院。光緒十一年（一八八五）卒於江寧。著有《藤香館集》，附詞二種：一曰《西湖櫓唱》，一曰《江舟欸乃》。其自序云：「律疏而語率，無柔腸治態以蕩其思，無遠韻深情以媚其格，病根仍是犯一直字。」亦可略窺其詞格矣。

臨江仙 大風雨，過馬當山

雨驟風馳帆似舞，一舟輕度溪灣。人家臨水有無間。江豚吹浪立，沙鳥得魚閑。　絶代才人天亦喜，借他隻手回瀾。而今無復舊詞壇。馬當山下路，空見野雲還。

【評】譚獻曰：結響甚遒。（《篋中詞》四）

右薛時雨詞一首，録自《藤香館詞》。

◎俞樾

俞樾字蔭甫，號曲園，浙江德清人。道光元年（一八二一）生。以進士官編修，提督河南學政。罷歸，僑居蘇州。自少至老，著述不倦。主講杭州詁經精舍至三十一年，爲一時樸學之宗。光緒三十二年（一九〇六）卒，年八十六。著有《春在堂全集》，凡五百餘卷，附《春在堂詞録》。

金縷曲

次女繡孫，倚此詠落花，詞意悽惋。有云：『歎年華、我亦愁中老。』余謂少年人不宜作此，因廣其意，亦成一闋。

花信悤悤度。算春來、瞢騰一醉，緑陰如許。萬紫千紅飄零盡，憑仗東風送去。更不問、埋香何處？卻笑癡兒真癡絶，感年華、寫出傷心句：春去也，那能駐？　浮生大抵無非寓。漫流連、鳴鳩乳燕，落花飛絮。畢竟韶華何嘗老，休道春歸太遽。看歲歲、朱顔猶故。我亦浮生蹉跎甚，坐花陰、未覺斜陽暮。

憑綵筆，綰春住。

右俞樾詞一首，録自《春在堂詞録》。

◎張景祁

張景祁字蘩甫，一字韻梅，浙江錢塘人。道光七年（一八二七）生。（據《新蘅詞》卷八《六十初度詞》，越二年爲光緒己丑，以此上推，當生是年。）爲薛時雨門下士。光緒間成進士，以庶常改知縣。晚歲由福建渡臺灣，宦遊淡水、基隆等地。著有《新蘅詞》九卷，外集一卷。

一枝春　落梅

不管清寒，問東風、忍把高枝輕掃？瑤臺夢杳，未許探芳重到。生涯慣冷，任籬落水邊都好。誰會得、千種飄零，併入笛聲淒調。　仙雲甚時流照？歎珠塵半委，萼華空老。無言更苦，肯怨早春啼鳥？關山去也，又蹴損、馬蹄多少？還盼取、點額人歸，翠尊共倒。

【評】譚獻曰：茵溷飄零，感均頑豔。（《篋中詞續》二）

小重山

幾點疏雅眷柳條。江南煙草緑，夢迢迢。十年舊約斷瓊簫。西樓下，何處玉驄驕？　酒醒又今宵。畫屏殘月上，篆香銷。憑將心事記回潮。青溪水，流得到紅橋。

【評】譚獻曰：高尋歐、晏，參異己之長。（《篋中詞續》二）

雙雙燕 秋燕

玳梁對語。歎門巷烏衣，舊家誰主？巢痕剛暖，又觸故園離緒。漫約催歸伴侶，看玉翦、將飛還住。自憐瀚海飄零，也學年年羈旅。　辛苦，天涯倦羽。怕負了深閨，寄書香縷。重簾空卷，咫尺畫堂何處？容易流光夢雨，便消瘦、紅襟如許。何況萬里西風，更送玉關人去？

【評】譚獻曰：繚曲往復，不數梅溪。（《篋中詞續》二）

望海潮

基隆爲全臺鎖鑰。春初海警狎至，上游撥重兵堵守。突有法蘭兵輪一艘入口遊奕，傳是越南奔北之師，意存窺伺，越三日始揚帆去，我軍亦不之詰也。

插天翠壁，排山雪浪，雄關險扼東溟。沙嶼布棋，飆輪測綫，龍驤萬斛難經。笳鼓正連營。聽回潮夜半，添助軍聲。尚有樓船，鱟帆影裏矗危旌。追思燕頷勳名，問誰投健筆，更請長纓？警鶴唳空，狂魚舞月，邊愁暗入春城。玉帳坐談兵。有犢花壓酒，引劍風生。甚日炎洲洗甲，滄海濁波傾？

酹江月

法夷既據基隆，擅設海禁。初冬余自新竹舊港內渡，遇敵艘巡邏者駛及之，幾爲所困。暴風陡作，去帆如馬，始免於難。中夜抵福清之觀音澳，宿茅舍，感賦。

樓船望斷，歎浮天萬里，盡成鯨窟。別有仙槎淩浩渺，遙指神山弭節。瓊島生塵，珠厓割土，此恨何時雪？龍愁鼉憤，夜潮猶助嗚咽。

回憶嗚鏑飛空，猋輪逐浪，脫險真奇絕。十幅布帆無恙在，把酒狂呼明月。海鳥忘機，溪雲共宿，時事今休說。驚沙如雨，任他窗紙敲裂。

曲江秋 馬江秋感

寒潮怒激。看戰壘蕭蕭，都成沙磧。揮扇渡江，圍棋賭墅，詫綸巾標格。

烽火照水驛。問誰洗鯨波赤？指點壘兵處，墟煙暗生，更無漁笛。　嗟惜，平臺獻策，頓銷盡樓船畫鷁。淒然猨鶴怨，旌旗何在？血淚沾籌筆。回望一角天河，星輝高擁乘槎客。算只有鷗邊，疏葒斷蓼，向人紅泣。

秋霽　基隆秋感

盤島浮螺，痛萬里胡塵，海上吹落。鎖甲煙銷，大旗雲掩，燕巢自驚危幕。乍聞唳鶴，健兒罷唱從軍樂。念衛霍，誰是漢家圖書壯麐閣？　遥望故壘，毳帳淩霜，月華當天，空想橫槊。卷西風寒鴉陳黑，青林凋盡怎棲託？歸計未成情味惡。最斷魂處，惟見莽莽神州，暮山銜照，數聲哀角。

【評】譚獻曰：笳吹頻驚，蒼涼詞史，窮髮一隅，增成故實。（《篋中詩續》二）

齊天樂

臺灣自設行省，撫藩駐臺北郡城，華夷輻湊，規制日廓，洵海外雄都也。賦詞紀盛。

客來新述瀛洲勝，●龍荒頓聞開府。△畫鼓春城，●環燈夜市，●娖隊蠻韡紅舞。△天涯莎茵繡土。△更車走奇肱，●馬徠瑤圃。△莫訝瓊仙，●眼看桑海但朝暮。△

舊遊試數。△綠蕪環廢壘，●啼鵑淒苦。△絕島螺盤，●雄關豹守，●此是神州庭户。△驚濤萬古。△願洗淨兵戈，●卷殘樓櫓。△近聞埤南嘉彰，土寇竊發。夢踏雲峰，●曙霞天半吐。△

浣溪沙

寂寂紋窗黯碧紗，◎瑶琴彈折落梅花。◎飄零楊柳怨棲鴉。◎對影春衫銷舊酒，誤人塵鏡換朝霞。十年心事兩天涯。

清平樂

百年喬

春雷殷地，玉女投壺戲。一朵紅雲飛不起，壓著蟠根仙李。木誰栽？迎風簾幙輕開。燕子不知人世，猶尋舊日樓臺。

右張景祁詞十首，録自百億梅花仙館刊本《新蘅詞》。

【集評】葉衍蘭曰：《新蘅詞》選調必精，摛辭必錬，有石帚之清峭而不偏於勁，有梅溪之幽雋而不失之疏，有夢窗之緜麗而不病其穠，有玉田之婉約而不流於滑，尋聲於清濁高下之别，審音於舌齶唇齒之分，剖析微茫，力追正始。（《新蘅詞序》）譚獻曰：韻梅早歆香名，填詞刻意姜、張，研聲刌律，吾黨六七人奉爲導師。故山兵劫，同好晨星。亂後重見，君已摧鋒落機，謝去斧藻。中年哀樂，登科已遲，又復屈承明之著作，走海國之韡板，不無黃鍾瓦缶之傷。倚聲日富，規制益高，駸駸乎北宋之壇宇。江東獨秀，其在斯人乎？外集集古，多長篇奇製，如《洞仙歌》《解連環》之組紃石帚，真無縫天衣，當以全集沾被藝林，不悉登也。（《篋中詞續》二）

◎莊棫

莊棫字中白，江蘇丹徒人。治易、春秋，兼通緯候。先世業鹺，後家中落，校書淮南、江寧各官書局，以光緒四年（一八七八）卒。著有《蒿庵遺稿》，詞甲、乙稿及補遺附焉。棫自序謂：『向從北宋溯五代十國，今復下求南宋得失離合之故。』足見其詞學淵源所自。與譚獻齊名。朱孝臧合題二家詞集云：『皋文說，沆瀣得莊譚。感遇霜飛憐鏡子，會心衣潤費鑪煙。妙不著言詮。』（《彊邨語業》卷三）據此，知二氏固常州派之後勁也。

思佳客 二首

春雨

一曲歌成酒一杯，困人天氣好亭臺。沈沈春晝斜飛雨，寂寂閑門亂點苔。

花幾簇，錦千堆。落紅成陣映香腮。不如卻下簾兒坐，自看同心七寶釵。
無賴今年又晚春，一春風雨倍銷魂。梁間歸燕空留客，葉底流鶯解罵人。
飛絮繞，落花頻。佩環搖盪夢中雲。閉門已過春三月，莫向青郊問畫輪。

高陽臺 長樂渡

長樂渡邊，秦淮水畔，莫愁艇子曾攜。一曲西河，尊前往事依稀。浮萍緑漲前溪遍，問六朝、遺蹟都迷。映玻璃，白下城南，武定橋西。
行人共説風光好，愛沙邊鷗夢，雨後鶯啼。投老方回，練裙十幅誰題？相思子夜春還夏，到歡聞、先已淒淒。更休提，煙外斜陽，柳外長隄。

【評】譚獻曰：駘蕩怨抑之境，爲前人所未開。（《篋中詞》五）

蝶戀花 四首

城上斜陽依緑樹，門外斑騅，見了還相顧。玉勒珠鞭何處住？回頭不覺天將暮。　風裏餘花都散去，不省分開，何日能重遇？凝睇窺君君莫誤，幾多心事從君訴。

百丈遊絲牽別院，行到門前，忽見韋郎面。欲待回身釵乍顫，近前卻喜無人見。　握手匆匆難久戀，還怕人知，但弄團團扇。强得分開心暗戰，歸時莫把朱顔變。

緑樹陰陰晴晝午，過了殘春，紅蕚誰爲主？宛轉花幡勤擁護，簾前錯喚金鸚鵡。　回首行雲迷洞户，不道今朝，還比前朝苦。百草千花羞看取，相思只有儂和汝。

殘夢初回新睡足，忽被東風，吹上横江曲。寄語歸期休暗卜，歸來夢亦難重續。　隱約遥峰窗外緑，不許臨行，私語頻相屬。過眼芳華真太促，從今望斷横波目。

【評】陳廷焯曰：蒿庵《蝶戀花》四章，所謂託志帷房，眷懷身世者。首章『回頭』七字，感慨無限，下半聲情酸楚，卻又哀而不傷。次章心事曲折傳出；下半韜光匿采，憂讒畏譏，可爲三歎。三章詞殊怨慕；次章蓋言所謀有可成之機，此則傷所遇之卒不合也。故下云：『回首行雲迷洞户，不道今朝，還比前朝苦。』悲怨已極。結云：『百草千花羞看取，相思只有儂和汝。』怨慕之深，卻又深信而不疑；想其中或有讒人間之，故無怨當局之語；然非深於風騷者，不能如此忠厚。四章決然舍去，中有怨情，故纔欲説便咽住；下半天長地久之恨，海枯石爛之情，不難得其纏綿沈厚，而難得其温厚和平。（《白雨齋詞話》五）

相見歡 二首

春愁直上遥山，繡簾閑。贏得蛾眉宫樣月兒彎。　雲和雨，煙和霧，一般般。可恨紅塵遮得斷人間。

深林幾處啼鵑，夢如煙。直到夢難尋處倍纏綿。　蝶自舞，鶯自語，總淒然。明月空庭如水似華年。

【評】陳廷焯曰：二詞用意、用筆，超越古今，能將騷、雅真消息吸入筆端，更不可以時代限也。（《白雨齋詞話》五）

定風波

爲有書來與我期，便從蘭杜惹相思。昨夜蝶衣剛入夢，珍重，東風要到送春時。　三月正當三十日，占得，春光畢竟共春歸。只有成陰並結子，都是，而今但願著花遲。

【評】陳廷焯曰：蒿庵詞有看似平常，而寄興深遠，耐人十日思者，如《定風波》云云，暗含情事，非細味不見。（《白雨齋詞話》五）

鳳凰臺上憶吹簫

瓜渚煙消，蕪城月冷，何年重興清遊？對妝臺明鏡，欲説還羞。多少東風過了，雲縹緲、何處勾留？都非舊，君還記否？吹夢西洲。　悠悠，芒辰轉眼，誰料到而今，盡日樓頭。念渡江人遠，儂更添憂。天際音書久斷，還望斷、天際歸舟。春回也，怎能教人，忘了閑愁？

【評】譚獻曰：清空如話，不至輕僄，消息甚微。（《篋中詞》五） 陳廷焯曰：純是變化風、騷，温、韋幾非所屑就，尚何有於姜、史？（《白雨齋詞話》五）

右莊棫詞十一首，録自《蒿庵遺集》。

【集評】譚獻曰：閨中之思，靈均之遺則，動於哀愉而不能自已，中白當曰：『非我佳人，莫之能解也。』（《篋中詞》五） 陳廷焯曰：蒿庵詞窮源竟委，根柢槃深，而世人知之者少。余觀其詞，匪獨一代之冠，實能超越三唐、兩宋，與風、騷、漢樂府相表裏，自詞人以來，罕見其匹。而究其得力處，則發源於國風、小雅，胎息於淮海、大晟，而寢饋於碧山也。（《白雨齋詞話》五）

◎譚獻

譚獻初名廷獻，字仲修，號復堂，浙江仁和人。道光十二年（一八三二）生。同治六年（一八六七）舉人，納貲爲縣令，歷署歙縣、全椒、合肥知縣。旋歸隱，鋭意撰述，爲一時物望所歸。光緒二十七年（一九〇一）卒，年七十。工駢體文，於詞學致力尤深，選清人詞爲《篋中詞》六卷，續三卷，至精審，學者奉爲圭臬。又曾評點《駢體文鈔》及周止庵《詞辨》，皆能度人金鍼者，亦近代詞壇之一大宗師也。

青門引

人去闌干静，楊柳曉風初定。芳春此後莫重來，一分春少，減卻一分病。

離亭薄酒終須醒，落日羅衣冷。繞樓幾曲流水，不曾留得桃花影。

【評】陳廷焯曰：透一層説更深，即『相見争如不見』意。又曰：此詞淒婉而深厚，純乎騷、雅。

（《白雨齋詞話》五）

蝶戀花

庭院深深人悄悄，埋怨鸚哥，錯報韋郎到。壓鬢釵梁金鳳小，低頭只是閑煩惱。　花發江南年正少，紅袖高樓，争抵還鄉好？遮斷行人西去道，輕軀願化車前草。

玉頰妝臺人道瘦，一日風塵，一日同禁受。獨掩疏櫳如病酒，卷簾又是黄昏後。　六曲屏前攜素手，戲説分襟，真遣分襟驟。書劄平安君信否？夢中顔色渾非舊。

【評】陳廷焯曰：『庭院深深』闋，上半傳神絶妙，下半沈痛已極，所謂『情到海枯石爛時』也。『玉頰妝臺』闋，上半沈至語，殊覺哀而不傷，怨而不怒，下半相思刻骨，寤寐潛通，頓挫沈鬱，可以泣鬼神矣！（《白雨齋詞話》五）。　葉恭綽曰：正中、六一之遺。（《廣篋中詞》二）

金縷曲 江干待發

又指離亭樹。恁春來、消除愁病，鬢絲非故。草緑天涯渾未遍，誰道王孫遲暮？腸斷、是空樓微雨。雲水荒荒人草草，聽林禽、祇作傷心語。行不得，總難住。　今朝滯我江頭路。近篷窗、岸花自發，向人低舞。裙衩芙蓉零落盡，逝水流年輕負。漸慣了、單寒覊旅。信是窮途文字賤，悔才華、卻受風塵誤。留不得，便須去。

【評】葉恭綽曰：如此方可云『清空不質實』。（《廣篋中詞》二）

鷓鴣天

緑酒紅燈漏點遲，黃昏風起下簾時。文鴛蓮葉成漂泊，幺鳳桐花有別離。雲澹澹，雨霏霏。畫屏閑煞素羅衣。腰支眉黛無人管，百種憐儂去後知。

一萼紅 吴山

黯愁煙，看青青一片，猶認舊眉山。花發樓頭，絮飛陌上，春色還似當年。翠苔畔、曾容醉卧，聽語笑、風動畫秋千。一曲琴絲，十三箏柱，原是人間。細數總成殘夢，歎都迷蹤跡，只有留連。劫換紅羊，巢空紫燕，重來步步回旋。儘消受、雲飛雨散，化胡蝶、猶繞舊闌干。不分中年到時，直恁荒寒！

洞仙歌 初秋

楊枝弄碧，繫天涯心眼，幾日涼風便零亂。畫橋邊、一片流水無聲，人獨立，暮角將愁吹斷。春城煙雨裏，如夢簾櫳，曾拂簷花笑相見。我已厭聞歌，玉笛蒼涼，又吹起十年清怨。問采采夫容隔西洲，卻樹下門前，爲誰留戀？

渡江雲 大觀亭同陽湖趙敬甫、江夏鄭贊侯

大江流日夜，空亭浪捲，千里起悲心。問花花不語，幾度輕寒，恁處好登臨？春旛顫裹，憐舊時人面難尋。渾不似故山顏色，鶯燕共沈吟。銷沈。六朝裙屐，百戰旌旗，付漁樵高枕。何處有藏鴉細柳，繫馬平林？釣磯我亦垂綸手，看斷雲飛過荒潯。天未暮，簾前只是陰陰。

【評】葉恭綽曰：曲而有直體。（《廣篋中詞》二）

桂枝香　秦淮感秋

瑤流自碧△，便作就可憐●，如許秋色△。祇是煙籠水冷●，後庭歌歇△。簾波澹處留人景●，裹、西風數聲長笛△。彩旗船舫●，華燈鼓吹●，無復消息△。念舊事、沈吟省識△。問曾照當年●，惟有明月△。拾翠汀洲●，密意總成蕭瑟△。秦淮萬古多情水●，奈而今、秋燕如客△。望中何限●，斜陽衰草●，大江南北△。

臨江仙　和子珍

芭蕉不展丁香結●，匆匆過了春三◎。羅衣花下倚嬌憨◎。玉人吹笛●，眼底是江南◎。最是酒闌人散後●，疏風拂面微酣◎。樹猶如此我何堪◎？離亭楊柳●，涼月照毿毿◎。

【評】陳廷焯曰：語極清雋，琅琅可諷，『玉人吹笛』二語，尤爲警絶。（《白雨齋詞話》五）

右譚獻詞十首，録自《復堂類集》本《復堂詞》及《白雨齋詞話》。

【集評】陳廷焯曰：復堂詞品骨甚高，源委悉達，其胸中、眼中，下筆時獨不屑爲陳、朱，儘有不甘爲夢窗、玉田處，所傳雖不多，自是高境。余嘗謂近時詞人，莊中白尚矣，蔑以加矣，次則譚仲修，鹿潭雖工詞，尚未升風、騷之堂也。又曰：仲修小詞絶精，長調稍遜，蓋於碧山深處，尚少一番涵詠功也。（《白雨齋詞話》五）葉恭綽曰：仲修先生承常州派之緒，力尊詞體，上溯風、騷，詞之門庭，緣是益廓，遂開近三十年之風尚，論清詞者，當在不祧之列。（《廣篋中詞》二）

◎王鵬運

王鵬運字幼遐，自號半塘老人，晚號鶩翁，廣西臨桂人，原籍浙江山陰。道光二十八年（一八四八）生。同治庚午（一八七〇）舉人，歷官內閣侍讀、監察御史、禮科給事中。庚子（一九〇〇）八國聯軍侵入北京，鵬運與朱祖謀、劉福姚集宣武門外教場頭條胡同寓宅，相約填詞，成《庚子秋詞》二卷。光緒二十八年（一九〇二）南歸，主揚州儀董學堂。三十年（一九〇四）六月，卒於蘇州，年五十六。鵬運內性淳篤，接物和易，能爲晉人清談、東方滑稽，往往一言雋永，令人三日思不能置。嘗彙刻《花間集》以迄宋、元諸家詞爲《四印齋所刻詞》。其詞學承常州派之餘緒而發揚光大之，以開清季諸家之盛。自刻所作詞曰《袖墨》《蟲秋》《味梨》《蜩知》等集，以丙、丁、戊題稿，缺甲稿，以生平未登甲科爲憾也。其後刪訂爲《半塘定稿》，附賸稿，祖謀爲刻於廣州，並題詞云：『香一瓣，長爲半塘翁。得象每兼花外永，起孱差較茗柯雄。嶺表此宗風。』（《望江南》）亦見其傾倒之至矣。（參閱況周頤《半塘老人傳》及余舊作《清季四大詞人》）

念奴嬌 登明臺，上絶頂，望明陵

登臨縱目，對川原繡錯，如接襟袖。指點十三陵樹影，天壽低迷如阜。一霎滄桑，四山風雨，王氣銷沈久。濤生金粟，老松疑作龍吼。惟有沙草微茫，白狼終古，滾滾邊牆走。野老也知人世換，尚説山靈呵守。平楚蒼涼，亂雲合沓，欲酹無多酒。出山回望，夕陽猶戀高岫。

八聲甘州 送伯愚都護之任烏里雅蘇臺

是男兒、萬里慣長征，臨歧漫淒然。只榆關東去，沙蟲猨鶴，莽莽烽煙。試問今誰健者？慷慨著先鞭。且袖平戎策，乘傳行邊。老去驚心鼙鼓，歎無多哀樂，換了華顛。儘雄虺瑣瑣，呵壁問蒼天。認參差、神京喬木，願鋒、車歸及中興年。休回首，算中宵月，猶照居延。

祝英臺近 次韻道希感春

倦尋芳，慵對鏡，人倚畫闌暮。燕妒鶯猜，相向甚情緒？落英依舊繽紛，輕陰難乞，枉多事、愁風愁雨。小園路，試問能幾銷凝？流光又輕誤。聯袂留春，春去竟如許。可憐有限芳菲，無邊風月，恁都付、等閒風絮。

玉漏遲

望中春草草，殘紅卷盡，舊愁難掃。載酒園林，往日遊情倦了。幾點飄零花絮，做弄得、陰晴多少？歸夢好，宵來猶記，驂鸞空到。尾長翼短如何？算愁裏聽歌，也傷懷抱。爛錦年華，誰信春殘恁早？留取花梢日在，休冷落舊家池沼。吟思悄，此恨鷓鴣能道。

點絳唇 餞春

抛盡榆錢，依然難買春光駐。餞春無語，腸斷春歸路。　春去能來，人去能來否？長亭暮，亂山無數，只有鵑聲苦。

南鄉子

斜月半朧明，涷雨晴時淚未晴。倦倚香篝溫別語，愁聽，鸚鵡催人說四更。　此恨拼今生，紅豆無根種不成。數遍屏山多少路，青青，一片煙蕪是去程。

浣溪沙 題丁兵備文畫馬

苜蓿闌干滿上林，西風殘秣獨沈吟。遺臺何處是黃金？　空闊已無千里志，馳驅枉抱百年心。夕陽山影自蕭森。

減字木蘭花

婆娑醉舞，呵壁無靈天不語。獨上荒臺，秋色蒼然自遠來。　古人不見，滿目荊榛文字賤。莫莫休休，日鑿終爲渾沌憂。

沁園春

島佛祭時，豔傳千古。八百年來，未有爲詞修祀事者。今年辛峰來京度歲，倡酬之樂，雅擅一時。因於除夕，陳詞以祭，譜此迎神。而以送神之曲屬吾弟焉。

詞汝來前！酹汝一杯，汝敬聽之。念百年歌哭，誰知我者？千秋沉瀣，若有人兮。芒角撐腸，清寒入骨，底事窮人獨坐詩？空中語，問綺情懺否？幾度然疑。　玉梅冷綴莓枝，似笑我吟魂蕩不支。歎春江花月，競傳宮體；楚山雲雨，枉托微詞。畫虎文章，屠龍事業，淒絶商歌入破時。長安陌，聽喧闐簫鼓，良夜何其？

【評】葉恭綽曰：奇情壯采。（《廣篋中詞》二）

沁園春　代詞答

詞告主人：釂君一觴，吾言滑稽。歎壯夫有志，雕蟲豈屑？小言無用，芻狗同嗤。擣麝塵香，贈蘭服媚，煙月文章格本低。平生意，便俳優帝畜，臣職奚辭？　無端驚聽還疑，道詞亦窮人大類詩。笑聲偷花外，何關著作？情移笛裏，聊寄相思。誰遣方心，自成沓舌，翻訝金荃不入時。今而後，倘相從未已，論少卑之。

摸魚子 以彙刻宋、元人詞贈次珊，承賦詞報謝，即用原調酬之

莽風塵、雅音寥落，孤懷鬱鬱誰語？十年鉛槧殷勤抱，絃外獨尋琴趣。堪歎處，恁拍到紅牙，心事紛如許。低徊弔古。試一酹前修，有靈詞客，知我斷腸否？　文章事，覆瓿代薪朝暮。新聲那辨鐘缶？憐渠抵死耽佳句，語便驚人何補？君念取，底斷譜零縑，留得精神住？佇辛佇苦。且醉上金臺，酣歌擊築，雜沓任風雨。

臨江仙

枕上得『家山』二語，漫譜此調。夢生於想，歌也有思，不自知其然而然也。

歌哭無端燕月冷，壯懷銷到今年。斷歌淒咽若爲傳。家山春夢裏，生計酒杯前。茆屋石田荒也得，夢歸猶是家山。南雲回首落誰邊？擬呵湘水壁，一問左徒天。

三姝媚

次珊讀唐人《息夫人不言賦》，有感於『外結舌而內結腸，先箝心而後箝口』之語，賦詞索和，聊復繼聲，亦『盍各』之旨也。

蘼蕪春思遠。采芳馨愁貽，黛痕深斂。薄命憐花，倚東風羅袖，淚珠偷泫。

暝入西園，容易又林禽聲變。那得相思，付與青蘋，自隨蓬轉。惆悵羅衾捫遍。便夢隔歡期，舊恩還戀。芳意迴環，認鴛機錦字，斷腸緘怨。縷縷絲絲，拚裊盡香心殘篆。漫想歌翻璧月，臨春夜滿。

【評】葉恭綽曰：纏綿往復。（《廣篋中詞》二）

玉樓春

好山不入時人眼，每向人家稀處見。濃青一桁撥雲來，沈恨萬端如霧散。　山靈休笑緣終淺，作計避人今未晚。十年緇盡素衣塵，雪鬢霜髯塵不染。

浪淘沙 自題《庚子秋詞》後

華髮對山青，客夢零星。歲寒濡呴慰勞生。斷盡愁腸誰會得？哀雁聲聲。

心事共疏檠，歌斷誰聽？墨痕和淚漬清冰。留得悲秋殘影在，分付旗亭。

滿江紅 朱仙鎮謁岳鄂王祠，敬賦

風帽塵衫，重拜倒、朱仙祠下。尚彷彿、英靈接處，神遊如乍。往事低徊風雨疾，新愁黯淡江河下。更何堪雪涕讀題詩，殘碑打。

黃龍指，金牌亞。旌旆影，滄桑話。對蒼煙落日，似聞悲咤。氣讋蛟鼉瀾欲挽，悲生笳鼓民猶社。撫長松鬱律認南枝，寒濤瀉。道光季年，河決開封，舉鎮惟岳祠無恙。壬午扶護南歸，曾夢遊祠下。

鷓鴣天 登玄墓還元閣，用叔問《重泊光福里》韻

雲意陰晴覆寺橋，秋聲瑟瑟徑蕭蕭。五湖新約尊前訂，十月輕寒畫裏銷。 憑翠檻，數煙槐。一樓人外萬峰高。青山閲盡興亡感，付與松風話市朝。

右王鵬運詞十七首，録自《半塘定稿》。

【集評】朱祖謀曰：君詞導源碧山，復歷稼軒、夢窗以還清真之渾化，與周止庵氏説契若鍼芥。（《半塘定稿序》） 葉恭綽曰：幼遐先生於詞學獨探本原，兼窮蘊奥，轉移風會，領袖時流，吾常戲稱爲桂派先河，非過論也。彊邨翁學詞，實受先生引導。文道希丈之詞，受先生攻錯處，亦正不少。清季能爲東坡、片玉、碧山之詞者，吾於先生無間焉。（《廣篋中詞》二）

◎沈曾植

沈曾植字子培，號巽齋，晚號寐叟，浙江嘉興人。道光三十年（一八五〇）生。光緒庚辰（一八八〇）進士，官至安徽布政使。清亡，僑寓上海，爲一代儒宗。學識淹博，尤精於西北史地。所居海日樓，中外學人争往質疑問字，座客常滿。民國十一年（一九二二）卒，年七十三。所著書已刊行者有《蒙古源流箋證》《元秘史注》《海日樓詩》《曼陀羅寱詞》等，尚不及全書十之一二云。

渡江雲 贈文道希

十分春已去，孤花隱葉，怊悵倚欄心。客遊今倦矣，珍重韶光，還共醉花陰。長亭短堠，向從來、雨黯煙沈。人何處？匣中寶劍，挂壁作龍吟。登臨。秦時明月，漢國山河，儘雲寒雁噤。行不得、鷓鴣啼晚，苦竹穿林。尋常總道歸帆好，者歸帆、愁與潮深。蒼然暮，高山流水鳴琴。

臨江仙 滬上與子封同居作

倦客池塘殘夢在，秋聲不是春聲。小屏風上數行程。三危玄趾，關塞不分明。　樓閣平蕪天遠近，長宵圓月孤清。夜闌珍重短檠燈。對床病叟，敲枕話平生。

臨江仙 彊邨詞來，調高意遠，諷味不足，聊復繼聲

西北浮雲車蓋去，晚來心與飄風。高樓獨上與誰同？名隨三老隱，聲在九歌終。　不是憑闌無下意，新來筋力添慵。江心桃竹倚從容。音書遲雁字，經本閟龍宮。

右沈曾植詞三首，録自《曼陀羅寱詞》。

◎文廷式

文廷式字道希，號芸閣，江西萍鄉人。咸豐六年丙辰（一八五六）生。以父星瑞官高廉兵備道，僑居廣州。光緒壬午（一八八二）中式順天鄉試舉人，庚寅（一八九〇）成進士，殿試一甲第二名及第，授職編修，擢侍讀學士。以盛名抗直，爲忌者所中，罷官。戊戌（一八九八）政變，幾陷不測。東走日本，爲彼邦學者内藤虎等所推重。返國後益潦倒，以光緒三十年甲辰（一九〇四）卒於萍鄉，年四十九。廷式博學强識，慷慨有大志，尤長史部，著《純常子枝語》，積稿數十册，近歲有人始爲其整理完竣雕版行世。其門人徐乃昌刻其《雲起軒詞鈔》一卷於《懷豳雜俎》中，與後來江寧王氏影印手稿本，互有出入，予曾輯録爲《重校集評雲起軒詞》。文氏於清代浙西、常州兩詞派之外，獨樹一幟。朱孝臧題其詞集云：『閑金粉，曹鄶不成邦。拔戟異軍成特起，非關詞派有西江。兀傲故難雙。』（《彊邨語業》卷三）亦可見其推許之至矣。（參閲沈曾植撰《文雲閣墓表》及《昭萍志略》《人物志》本傳。）

賀新郎

别擬西洲曲，有佳人、高樓窈窕，靚妝幽獨。樓上春雲千萬疊，樓底春波如縠。梳洗罷、卷簾遊目。采采芙蓉愁日暮，又天涯芳草江南綠。看對對，文鴛浴。

侍兒料理裙腰幅，道帶圍、近日寬盡，眉峰長蹙。欲解明璫聊寄遠，將解又還重束。須不羨、陳嬌金屋。一霎長門辭翠輦，怨君王已失苕華玉。爲此意，更躑躅。

【評】葉恭綽曰：何減東坡『乳燕飛華屋』。（《廣篋中詞》一）

臨江仙 壬午廣州作

嶺表尋春春色異，木棉處處開花。櫓聲人語共咿啞。蠻神依榿栝，水市足蠔蝦。

一曲招郎才調好，道光間，招子容孝廉作《粵謳》，詞甚淒麗。閑聽蜑女琵琶。剪風絲雨送歸鴉。近來情性別，不弔素馨斜。

蝶戀花

九十韶光如夢裏，寸寸關河，寸寸銷魂地。落日野田黃蝶起，古槐叢荻搖深翠。　惆悵玉簫催別意，蕙些蘭騷，未是傷心事。重疊淚痕緘錦字，人生祇有情難死！

【評】葉恭綽曰：沈痛。（《廣篋中詞》一）

水龍吟

落花飛絮茫茫，古來多少愁人意。遊絲窗隙，驚飆樹底，暗移人世。一夢西來，起看明鏡，二毛生矣。有葡萄美酒，芙蓉寶劍，都未稱，平生志。　我是長安倦客，二十年軟紅塵裏。無言獨對，青燈一點，神遊天際。

海水浮空，空中樓閣，萬重蒼翠。待驂鸞歸去，層霄回首，又西風起。

【評】王瀣曰：思澀筆超，後片字字奇幻，使人神寒。（手批《雲起軒詞鈔》）葉恭綽曰：胸襟興象，超越凡庸。（《廣篋中詞》一）

鷓鴣天 即事

劫火何曾燎一塵？側身人海又翻新。閑拈寸硯磨礱世，醉折繁花點勘春。

闌柝夜，警雞晨。重重宿霧鎖重闉。堆盤買得迎年菜，但喜紅椒一味辛。

浣溪沙 旅情

畏路風波不自難，繩床聊借一宵安。雞鳴風雨曙光寒。秋草黃迷前日渡，夕陽紅入隔江山。人生何事馬蹄間？用山巨源語。

永遇樂

落日幽州，憑高望處，秋思何限？候雁哀鳴，驚麏晝竄，一片飛蓬捲。西風萬里，踰沙越漠，先到斡難河畔。但蒼然平皋接軫，玉關消息初斷。千秋祇有，明妃冢上，長是青青未染。聞道胡兒，祁連每過，淚落笳聲怨。風霜未改，關河猶昔，汗馬功名今賤。驚心是南山射虎，歲華易晚。

【評】王瀣曰：此作極以曹珂雪《和竹垞雁門關》一首，其用意用筆，各有獨到處。又曰：後遍源出稼軒。（手批《雲起軒詞鈔》）

祝英臺近

剪鮫綃，傳燕語，黯黯碧雲暮。愁望春歸，春到更無緒。園林紅紫千千，放教狼藉，休但怨、連番風雨。謝橋路，十載重約鈿車，驚心舊遊誤。玉佩塵生，此恨奈何許。倚樓極目天涯，天涯盡處，算祇有、濛濛飛絮。

【評】王鎏曰：此作得稼軒之骨。又曰：『愁望』以下，其怨愈深，後遍諷刺不少。（手批《雲起軒詞鈔》） 葉恭綽曰：與稼軒『寶釵分』，同爲感時之作。（《廣篋中詞》一）

八聲甘州

送志伯禺侍郎赴烏里雅蘇臺參贊大臣之任，同盛伯義祭酒、王幼霞御史、沈子培刑部作。

響鷩飆、越甲動邊聲，烽火徹甘泉。有六韜奇策，七擒將略，欲畫淩煙。

一枕瞢騰短夢，夢醒卻欣然。萬里安西道，坐嘯清邊。策馬凍雲陰裏，譜胡笳一闋，淒斷哀絃。看居庸關外，依舊草連天。更回首、淡煙喬木，問神州、今日是何年？還堪慰，男兒四十，不算華顛。

【評】王瀣曰：後遍豪宕而神色愈淒。（手批《雲起軒詞鈔》）葉恭綽曰：有關掌故。（《廣篋中詞》二）

摸魚兒　惜春

恁啼鵑、苦催春去，春城依舊如畫。年年芳草橫門路，換卻王孫驄馬。春思乍，甚絮亂絲繁，又過寒食也。殘陽易下。好飛蓋西園，玉觴滿引，秉燭共遊夜。

瓊樓迥，孤負緘詞錦帕。銅仙鉛淚休瀉。落紅可及庭陰綠？付與流鶯清話。歌舞罷，便熨體春衫，今日從棄捨。雕鞍暫卸。縱行遍天涯，夢魂慣處，猶戀舊亭榭。

【評】王濬曰：精粹之作，後遍尤深婉。讀此，覺北宋稍率，南宋稍弱矣。（手批《雲起軒詞鈔》）

葉恭綽曰：迴腸盪氣，忠愛纏綿。（《廣篋中詞》一）

西江月

削竹閑栽菊枕，煮茶自洗椰瓢。一鐙搖夢雨蕭蕭，苔院更無人到。世翳已除眼纈，愁塵不上眉梢。布衣來往秀江橋，休問五陵年少。

【評】王濬曰：句特疏秀。（手批《雲起軒詞鈔》）

翠樓吟

歲暮江湖，百優如擣，感時撫己，寫之以聲

石馬沈煙，銀鳧蔽海，擊殘哀筑誰和？旗亭沽酒處，看大艑風檣軻峨。王校：古歌辭有『大艑珂峨頭』。手稿原作『軻峨』，徐刊作『峨軻』，豈知『峨』作平，不知二十咢原有『峨』作仄耶？元龍高卧。便冷眼丹霄，難忘青瑣。真無那！冷灰寒柝，笑談江左。

一笴，能下聊城，算不如呵手，試拈梅朶。苕鳩棲未穩，更休説山居清課。沈吟今我，祇拂劍星寒，敧瓶花妥。清輝墮，望窮煙浦，數星漁火。

【評】葉恭綽曰：氣象穎異，彊邨所謂『兀傲固難雙』也。（《廣篋中詞》一）

鷓鴣天

贈友

萬感中年不自由，角聲吹徹古梁州。荒苔滿地成秋苑，細雨輕寒閉小樓。　詩漫與，酒新篘。醉意世事一浮漚。憑君莫過荊高市，滹水無情也解愁。

【評】葉恭綽曰：神似稼軒。（《廣篋中詞》一）

好事近 湘舟有作

翠嶺一千尋，嶺上彩雲如幄。雲影波光相射，蕩樓臺春綠。　仙鬟撩鬟倚雙扉，窈窕一枝玉。日暮九疑何處？認舜祠叢竹。

【評】玉瀣曰：穠絕！（手批《雲起軒詞鈔》）

憶舊遊 秋雁。庚子八月作

悵霜飛榆塞，月冷楓江，萬里淒清。無限憑高意，便數聲長笛，難寫深情。

望極雲羅縹渺，孤影幾回驚。見龍虎臺荒，鳳凰樓迥，還感飄零。梳翎。自來去，歎市朝易改，風雨多經。天遠無消息，問誰裁尺帛，寄與青冥？遥想橫汾簫鼓，蘭菊尚芳馨。又日落天寒，平沙列幕邊馬鳴。

南鄉子 病中戲筆

一室病維摩，且喜閑庭掩雀羅。煮藥繙書渾有味，呵呵，老子無愁世則那？　莽莽舊山河，誰向新亭淚點多？惟有鷓鴣聲解道：哥哥，行不得時可奈何！

右文廷式詞十六首，録自文氏手寫《雲起軒詞》及南陵徐氏《懷豳雜俎》本《雲起軒詞鈔》。

【集評】夏敬觀曰：近人惟文道希學士，差能學蘇。（手批《東坡詞》）冒廣生曰：道希論本朝人詞，謂：『曹珂雪有俊爽之致，蔣鹿潭有深沈之思，成容若學陽春之作而筆意稍輕，張皋文具子瞻之心而才思未逮。』又言：『自朱竹垞以玉田爲宗，所選《詞綜》，意旨枯寂。後人繼之，尤爲冗漫，以二窗爲祖禰，視辛、劉若仇讎，家法若斯，庸非巨謬！』（榆案：以上見《懷豳雜俎》本文氏《雲起軒詞鈔自序》）故其所作《雲起軒詞》渾脱瀏漓，有出塵之致，亦可謂出其餘事，足了千人者矣。（《小三吾亭詞話》卷一）胡先驌曰：《雲起軒詞》，意氣飆發，筆力横恣，誠可上擬蘇、辛，俯視龍洲。其令詞穠麗婉約，則又直入《花間》之室。蓋其風骨遒上，並世罕睹，故不從時賢之後，局促於南宋諸家範圍之内，誠如所謂美矣善矣。（《學衡雜誌》第二七期《評雲起軒詞鈔》）

◎鄭文焯

鄭文焯字小坡，一字叔問，號大鶴山人，又號冷紅詞客，奉天鐵嶺人，隸漢軍旗。其自稱高密鄭氏者，詭托於康成之後也。咸豐六年（一八五六）丙辰生。父瑛棨，官陝西巡撫。一門鼎盛，兄弟十人，裘馬麗都，惟文焯被服儒雅。中光緒乙亥（一八七五）舉人，官内閣中書。旅食蘇州，爲巡撫幕客，四十餘年。善詼諧，工尺牘，兼長書、畫。雅慕姜夔之爲人，又精音律，深明管絃聲數之異同，上以考古燕樂之舊譜。白石自製曲，其字旁所記音拍，皆能以意通之。民國七年戊午（一九一八）卒，年六十三，葬鄧尉。所著詞有《瘦碧》《冷紅》《比竹餘音》《苕雅餘集》。朱孝臧題云：『招隱處，大鶴洞天開。避客過江成旅逸，哀時無地費仙才。天放一閑來。』（《彊邨語業》卷三）後删存爲《樵風樂府》九卷，仁和吴昌綬並其所撰《詞源斠律》等，合刊爲《大鶴山房全集》。（參閱戴正誠撰《大鶴山人年譜》及余舊撰《清季四大詞人》）

留春令 中秋夜，紅樓離席

鏡華空滿，怨紅都在，舊時羅帊。早是銷凝淚無多，怎留向、臨歧灑？枕上陽關催夙駕，忍今宵歌罷。從此西樓翠尊空，願明月、無圓夜。

虞美人

鏡屏香冷芙蓉薦，花趁人凝澹。問誰下馬看梳頭？長是畫簾高捲卧清秋。宿妝留得新眉在，人意依前改。一溝脂水繞樓東，中有幾行閑淚往來紅。

玉樓春

梅花過了仍風雨，著意傷春天不許。西園詞酒去年同，別是一番惆悵處。一枝照水渾無語，日見花飛隨水去。斷紅還逐晚潮回，相映枝頭紅更苦。

采桑子

凭高滿面東風淚，獨立江亭。流水歌聲，銷盡年涯不暫停。　歸來自掩香屏卧，殘月新鶯。夢好須鶯，知是傷春第幾生？

湘春夜月

最銷魂，畫樓西畔黄昏。可奈送了斜陽，新月又當門。自見海棠初謝，算幾番醒醉，立盡花陰。念隔簾半面，香酬影答，都是離痕。　哀箏自語，殘燈在水，輕夢如雲。鳳帳籠寒，空夜夜、報君紅淚，銷黯羅襟。蓬山咫尺，更爲誰、青鳥殷勤？怕後約、誤東風一信，香桃瘦損，還憶而今。

謁金門

釵鳳墜，人意不如初會。圓月後逢歌舞地，斷腸明鏡裏。　早是君心難恃，恨不玉顏先悴。恩重嬌多情易費，枕函花有淚。

浣溪沙 從石樓、石壁，往來鄧尉山中

一半梅黃雜雨晴，虛嵐浮翠帶湖明。閑雲高鳥共身輕。　山果打頭休論價，野花盈手不知名。煙巒直是畫中行。

謁金門

行不得！黦地衰楊愁折。霜裂馬聲寒特特，雁飛關月黑。　目斷浮雲西北，不忍思君顏色。昨日主人今日客，青山非故國。

留不得！腸斷故宮秋色。瑤殿瓊樓波影直，夕陽人獨立。見説長安如奕，不忍問君蹤跡。水驛山郵都未識，夢回何處覓？歸不得！一夜林烏頭白。落月關山何處笛？馬嘶還向北。魚雁沈沈江國，不忍聞君消息。恨不奮飛生六翼，亂雲愁似幕。

【評】葉恭綽曰：沈痛。（《廣篋中詞》二）

迷神引

看月開簾驚飛雨，萬葉戰秋紅苦。霜飆雁落，繞滄波路。一聲聲，催笳管，替人語。銀燭金鑪夜，夢何處？到此無聊地，旅魂阻。睠想神京，縹緲非煙霧。對舊河山，新歌舞。好天良夕，怪輕換、華年柱。塞庭寒，江關暗，斷鐘鼓。寂寞衰燈側，空淚注。苕苕雲端隔，寄愁去。

安公子

急雨驚鳴瓦，轉簷風葉紛如灑。閉户青山飛不去，對滄洲屏畫。換眼底衰紅敗翠供愁寫。窺冷檠半落吟邊灺。正酒醒無寐，怊悵京書題罷。到此沈沈夜，爲誰清淚如鉛瀉？夢想銅駝歌哭地，送西園車馬。歎去後闌干一霎花開謝。空怨啼望帝春魂化。算歲寒南鶴，解道堯年舊話。

六醜 芙蓉謝後作

又年芳催老，悄立遍、闌干危碧。怨花後期，無言花暗泣，甎地誰惜？更灑黃昏雨，水環風佩，數斷紅消息。羅裳自染秋江色。繐帳纔遮，珠茵旋積。

盈盈怎堪攀摘？只輕朱薄粉，愁上簪幘。西園霜夕，照清池宴席。步綺淩波地，成往跡。尊前換盡吟客。縱仙城夢見，玉顏非昔。釵鈿墜、似曾相識。終不向、一鏡東風媚晚，鬢邊狼藉。飄零恨、獨在江國。怕舊題錦段重重淚，無人贈得。

慶春宮　冬緒羈吟

紅葉家林，蒼煙鄰寺，歲殘未了秋聲。門柳鴉寒，庭莎蛬老，浸霜月氣冥冥。夜窗燈暈，鎮搖落、山川舊情。傷心年事，何限繁華，不抵飄零。追思結客幽并，連騎雲驕，看劍星橫。誰分蕭條，哀時詞賦，過江無淚堪傾。暮鴻天遠，奈重拍、燕歌自驚。一生怊悵，拚與江南，空老蘭成。

慶春宫 同羈夜集，秋晚敘意

霜月流階，蕪煙銜苑，戍笳愁度嚴城。殘雁關山，寒蛩庭户，斷腸今夜同聽。繞闌危步，萬葉戰、風濤自驚。悲秋身世，翻羡垂楊，猶解先零。

行歌去國心情，寶劍凄涼，淚燭縱横。臨老中原，驚塵滿目，朔風都作邊聲。夢沈雲海，奈寂寞、魚龍未醒。傷心詞客，如此江南，哀斷無名。

【評】葉恭綽曰：長歌當哭。（《廣篋中詞》二）

永遇樂 春夜夢落梅，感憶，因題

江驛迢迢，片時枕上，春事如許。亂插晴霄，低横野水，凄斷東風主。枝北枝南，眼看摇落，不爲翠禽啼住。攬遺芳、璚瑰滿抱，覺來頓成今古。虚堂酒醒，傾城消息，誤盡故山風雨。玉砌雕闌，傷心還見，繫馬郊園樹。人間空有，曉寒一曲，誰信隔紗煙語？恁淒涼、南樓夜笛，送春舊處。

【評】葉恭綽曰：故國之思。（《廣篋中詞》二）

楊柳枝 八首録五

賦小城梅枝

誰家笛裏返生香？傾國風流解斷腸。頭白傷春無限思，不應此樹管興亡。

到地春風不肯閑，南枝吹盡北枝殘。吴宫多少傷心色，占得牆東幾尺山。

采香徑裏晚煙空，濯粉池邊曉露叢。一樣故宫春寂寞，可憐無地著東風。

縞衣月下見前身，隔世驚逢絶世人。悄悵溪南數枝雪，爲誰開落與江春？

萬枝寒玉照溪橋，鶴語今年雪未銷。自占東風故城曲，淒涼煙月屬前朝。

右鄭文焯詞二十一首，録自仁和吴氏雙照樓刊本《樵風樂府》。

【集評】俞樾曰：論其身世，微類玉田，其人與詞，則雅近清真、白石。又曰：君詞體潔旨遠，句妍韻美。（《瘦碧詞序》） 文焌曰：從弟小坡，少工側豔，而不盡協律。南遊十年，學琴於江夏李復翁，討論古音，乃大悟『四上競氣』之指，於樂紀多所發明。故其爲詞聲出金石，極命風謡，感興微言，深美閎約，如楊守齋所識『轉折怪異，成不祥之音』者，庶幾免與。（《篋中詞續》三） 易順鼎曰：追撢兩宋，精辨七始，扶微睇奥，梳櫛披奏，聽於無聲，眇忽成律，使樂官比響，不累於詠歌，文士摛華，靡淆於弦笛，故能鬱伊善感，和平蕩聽。（同上） 譚獻曰：《瘦碧詞》研討聲律，辟灌光氣，夢窗善學清真。（同上）又曰：《瘦碧詞》持論甚高，摛藻綺密，由夢窗以跂清真，近時作手，頗難其匹。（《復堂日記》） 冒廣生曰：鐵嶺鄭叔問舍人，爲蘭坡中丞之子。家世蘭錡，累葉通顯。叔問獨羈棲吴下，爲東諸侯賓客。其神致清朗，懷抱沖遠，真衛洗馬一流人物。所著《瘦碧》《冷紅》諸詞，規撫石帚，即製一題，下一字，亦不率意。本朝詞家雖多，若能研究音律，深明管絃聲數之異同，以上考古燕樂之譜者，淩次仲外，此爲僅見。（《三小吾亭詞話》卷二） 葉恭綽曰：叔問先生，沈酣百家，擷芳漱潤，一寓于詞，故格調獨高，聲采超異，卓然爲一代作家。讀者知人論世，方益見其詞之工。（《廣篋中詞》二）

◎夏孫桐

夏孫桐字閏枝，一字悔生，晚號閏庵，江蘇江陰人。咸豐七年（一八五七）四月二十二日生。光緒壬辰（一八九二）進士，授編修，歷任湖州、寧波、杭州知府。民國初入清史館，嘉、道、咸、同四朝臣工列傳及循吏、藝術兩彙傳，凡一百卷，並出其手。又佐徐世昌輯《晚晴簃詩匯》及《清儒學案》。民國三十年（一九四一）十二月二十二日卒，年八十五。著有《觀所尚齋文存》及《悔龕詞》二卷。（以上據閘賡麟撰行狀）孫桐與朱祖謀爲兒女親家，祖謀嘗言其從事倚聲，實由孫桐誘導云。《悔龕詞》收入《滄海遺音集》，續稿有龍氏忍寒齋刊本。

絳都春

分詠京師詞人第宅，得納蘭容若渌水亭

蓮凋渚晚。問緱嶺墮音，吹笙人遠。豹尾退閑，蝸角幽棲依瓊苑。重光詞筆同淒怨，恁抱膝、繁華輕遣。倚闌曾是，梨花落後，望春深淺。一片。璇流漱碧，繞鴛甃、似帶煙蘿空睠。花底著書，席上題襟多英彥。烏衣三度朱門換，衹謝墅巢痕尋燕。邈然裙屐承平，夢華痕斷。

瑞龍吟 崇效寺看牡丹，用清真韻

城南路，還見繡陌横蕪，紺牆攲樹。名花偏傍空王，石壇净掃，來尋勝處。

小延佇，無恙笑春人面，暖風當户。酣香染徹仙衣，禪煙簇簇，翩翩欲語。

多少繁華姚魏，酒闌雲散，銷歌沈舞。難得過門相呼，遊侶如故。鈿車錦障，都入傷心句。僧寮外茶煙歇影，苔茵遲步。寸寸斜陽去。何人向説，憑闌意緒？春事留殘縷。休更問明朝無端風雨，對花慰藉，燕雛相絮。

南樓令 秋懷次韻

殘葉下寒階，秋風震旅懷。話蓴鱸、空自低回。莽莽神州兵氣亘，聽不得，澤鴻哀。　夕照澹金臺，銷沈幾霸才。對霜天、尊酒悲來。叢菊漫淹詞客淚，偏多傍，戰場開。

右夏孫桐詞三首，録自《悔龕詞》及《悔龕詞續》。

◎朱孝臧

朱孝臧一名祖謀，字古微，號漚尹，又號彊邨，浙江歸安人。咸豐七年（一八五七）丁巳七月二十一日生。舉光緒壬午（一八八二）鄉試，明年，成二甲一名進士，改庶吉士，授編修，屢擢至侍講學士、禮部侍郎。甲辰（一九〇四），出爲廣東學政，與總督齟齬，引疾去。迴翔江海之間，攬名勝，結儒彦自遣。民國辛未年（一九三一）十一月二十二日，卒於上海，年七十五。歸葬吴興道場山麓。孝臧始以能詩名，及官京師，交王鵬運，棄而專爲詞，勤探孤造，抗古邁絶，海内歸宗匠焉。晚處海濱，身世所遭，與屈子澤畔行吟爲類。故其詞獨幽憂怨悱，沈抑緜邈，莫可端倪。嘗校刻唐、宋、金、元人詞百六十餘家爲《彊邨叢書》，又輯《湖州詞徵》二十四卷，《國朝湖州詞徵》六卷，《滄海遺音集》十三卷，學者奉爲寶典。其自爲詞，經晚歲删定爲《彊邨語業》二卷，身後其門人龍榆生爲補刻一卷，入《彊邨遺書》中。（參閱《彊邨遺書》附録陳三立撰《朱公墓誌銘》及夏孫桐撰行狀）

鷓鴣天 九日，豐宜門外過裴村别業

野水斜橋又一時，◎愁心空訴故鷗知。◎淒迷南郭垂鞭過，●清苦西峰側帽

窺。新雪涕，舊絃詩，愔愔門館蝶來稀。紅萸白菊渾無恙，只是風前有所思。

【本事】龍榆生曰：此爲劉光第被禍後作。劉爲六君子之一，死戊戌之變。（《詞學季刊》第一卷第三號）

烏夜啼　同瞻園登戒壇千佛閣

春雲深宿虛壇，磬初殘。步繞松陰雙引出朱闌。　吹不斷，黃一綫，是桑乾。又是夕陽無語下蒼山。

鷓鴣天　庚子歲除

似水清尊照鬢華，尊前人易老天涯。酒腸芒角森如戟，吟筆冰霜慘不花。抛枕坐，卷書嗟。莫嫌啼煞後棲鴉。燭花紅換人間世，山色青回夢裏家。

聲聲慢 辛丑十一月十九日，味聃賦《落葉詞》見示，感和

鳴螿頹堞，吹蝶空枝，飄蓬人意相憐。一片離魂，斜陽搖夢成煙。香溝舊題紅處，拚禁花、憔悴年年。寒信急，又神宮淒奏，分付哀蟬。　終古巢鸞無分，正飛霜金井，抛斷纏綿。起舞迴風，纔知恩怨無端。天陰洞庭波闊，夜沈沈、流恨湘絃。搖落事，向空山、休問杜鵑。

【本事】龍榆生曰：此爲德宗還宮後卹珍妃作。『金井』二句謂庚子西幸時，那拉后下令推墮珍妃於宮井，致有生離死别之悲也。（《彊邨本事詞》）

木蘭花慢 送陳伯弢之官江左

聽枯桐斷語，識君恨，十年遲。正濺淚花繁，迷歸燕老，春去多時。相攜，夢華故地，怪單衣、無路避塵緇。錦瑟看承暫醉，白頭吟望低垂。差差。津館柳成絲，離緒費禁持。問何計消磨，夕陽宦味，逝水心期？鴟夷，舊狂漫理，已沈陰、江表杜鵑啼。莫上吳臺北望，斜煙亂水淒迷。

阮郎歸

月夜維舟楞伽峽，山水幽夐。孟東野《石龍渦詩序》云：『四壁千仞，散泉如雨。』仿佛遇之。

千蕖無蒂著巖坳，飛簾噴雪消。濕雲雙束怒厓高，春湍不敢豪。煙艫閣，水鐙飄，幽猨三兩號。驂鸞仙路夜誰招？月華搖鳳簫。

燭影搖紅 晚春過黃公度人境廬，話舊

春暝鉤簾，柳條西北輕雲蔽。博勞千囀不成晴，煙約遊絲墜。狼藉繁櫻刬地，傍樓陰東風又起。千紅沈損，鵯鵊聲中，殘陽誰繫？　容易消凝，楚蘭多少傷心事。等閒尋到酒邊來，滴滴滄洲淚。　袖手危闌獨倚，翠蓬翻冥冥海氣。魚龍風惡，半折芳馨，愁心難寄。

摸魚子 梅州送春，時得輦下故人三月幾望書

近黃昏悄無風雨，鑾春安穩歸了。匆匆染柳熏桃過，贏得錦箋悽調。休重惱，問百五韶光，醞造愁多少？新顰舊笑，有拆繡池臺，迷林鶯燕，裝綴半殘稿。　流波語，飄送紅英最好，西園沈恨先掃。天涯別有憑闌意，除是

杜鵑能道。歸太早！何不待、倚簾人共東風老？消凝滿抱。恁秉燭呼尊，綠成陰矣，誰與玉山倒？

浣溪沙

翠阜紅厓夾岸迎，阻風滋味暫時生。水窗官燭淚縱橫。

禪悅新耽如有會，酒悲突起總無名。長川孤月向誰明？

唐多令

廊蔭轉疏槐，圓蟾明上階。倚空尊、涼夢徘徊。多少清湘瑤瑟怨，幾曾有，鶴飛來？

鐙蕚半成灰，短書千里回。報巖扃、晚桂都開。前度憑闌人換盡，問何事，戀天涯？

減字木蘭花 八首録二

舟湖湟江，風雨淒戾，交舊存没之感，紛有所觸，輒綴短韻，適踵《八哀》，非事詮擇也。

楚宫盟鷗知否？身是江湖垂釣手。不夢黄粱，卷地秋濤殷卧床。　疑事，天上人間空雪涕。誰詔巫陽？被髮中宵下大荒。富順劉裴村光第。

富春一劍頭微吷，海水刺天漂熱血。慘月中庭，誰解張絃受廣陵？

角，零亂巖花朱鳥啄。白首何歸？山色無人問是非。桐廬袁重黎昶。

夜飛鵲 香港秋眺，懷公度

滄波放愁地，遊棹輕迴，風葉亂點行杯。驚秋客枕，酒醒後，登臨倦眼重開。蠻煙蕩無霽，颭天香花木，海氣樓臺。冰夷漫舞，喚癡龍直視蓬萊。多少紅桑如拱，籌筆問何年，真割珠厓？不信秋江睡穩，掣鯨身手，終古徘徊。大旗落日，照千山、劫墨成灰。又西風鶴唳，驚笳夜引，百折濤來。

祝英臺近 欽州天涯亭梅

掩峰屏，喧石瀨，沙外晚陽斂。出意疏香，還鬥歲華豔。喧禽啼破清愁，東風不到，早無數、繁枝吹淡。已淒感，和酒飄上征衣，莓鬟淚千點。老去難攀，黃昏瘴雲黯。故山不是無春，荒波哀角，卻來凭、天涯闌檻。

清平樂 夜發香港

舷鐙漸滅，沙動荒荒月。極目天低無去鶻，何處中原一髮？　江湖息影初程，舵樓一笛風生。不信狂濤東駛，蛟龍偶語分明。

慶春宮 結草庵拜半塘翁殯宮作

頹堞銜煙，昏鐘閣水，野鵑喚近清明。華表羈魂，黃壚吟伴，暗塵房檻深扃。斷雲玉笥，感詞客依稀有靈。新腔愁倚，一琖泉華，還薦芳馨。哀絃凍折誰聽？淒唳修蔓，山鬼逢迎。蓬島塵狂，芝田日晏，夢遊翻羨騎鯨。淚珠千斛，拚一向寒原縱聲。孤留何事？身世浮漚，休問殘僧。

洞仙歌 丁未九日

無名秋病，已三年止酒，但買萸囊作重九。亦知非吾土，强約登樓，閑坐到淡淡斜陽時候。浮雲千萬態，迴指長安，卻是江湖釣竿手。衰鬢側西風，故國霜多，怕明日黃花開瘦。問暢好秋光落誰家？有獨客徘徊，憑高雙袖。

小重山 戊申中秋作

翠濕篁陰小閣寒。酒消渾不耐，越羅單。水蕢風起燭枝殘。驚禽去，捎響碧琅玕。

投老卧雲關。眼中塵事滿，素心難。天涯作計理孤歡。無情月，三度病中看。

月下笛 聞促織感賦

冷月牆陰，淒淒碎響，替秋言語。羈人聽汝，咽愁絲，黯無緒。空階都是傷心地，恁禁得、哀鐙斷雨。正宵碪四起，霜絃孤曳，宛轉催曙。

愁誤，金籠住。伴落葉長門，枕函慵訴。迴紋罷織，舊家零亂機杼。西風涼換人間世，問憔悴王孫幾度？等閒是、變了潘郎髮，夢寄誰去？

洞仙歌 過玉泉山

殘山賸幘，悄不成遊計。滿馬西風背城起。念滄江一卧，白髮重來，渾未信禾黍離離如此！

玉樓天半影，非霧非煙，消盡西山舊眉翠。何必更繁霜，三兩棲鴉，衰柳外斜陽餘幾？還肯爲愁人住些時，只嗚咽昆池，石鱗荒水。

水龍吟 麥孺博挽詞

峨如千尺崩松，破空雷雨飛無地。京華遊俠，山林棲遯，斯人憔悴。一瞑隨塵，九州來日，諒非吾事。正蒼黃急劫，推枰撒手，渾不解，茫茫意。

也識彭殤一例，愴前塵飆輪彈指。長城並馬，滄溟擊楫，窮秋萬里。

歸卧荒江，中宵破夢，慘春哀涕。更大招愁賦，湘魂縱返，甚人間世？

高陽臺　花朝渝樓，同蒿叟作

短陌飛絲，長波皺麴，市帘江柳争青。中酒年光，買春猶是旛亭。彩旛長記花生日，甚緑窗兒女心情。盡安排，畫桁吴縑，鈿閣秦箏。白頭未要相料理，要哀吟狂醉，消遣餘生。無主東風，博勞怨不成聲。朦朧幾簇東闌雪，算今年又看清明。怕相逢，社燕歸來，還訴飄零。

摸魚子　馬鞍山訪龍洲道人墓。山在崑山縣西北隅

占城陰頽雲一角，有人持恨終古。書生滿眼神州淚，淒斷海東煙霧。墳上土，怕有酒能澆，蹋遍橋南路。英遊遲汝。向笙鶴遥空，不逢騫廣，心事更

誰訴？　天難問，身世儒冠誤否？憑渠筆力牛弩。銅琶無分中興樂，消受此生棲旅。凭弔處，賸破帽疲驢，悵望千秋去。啼鵑最苦。要無主青山，有靈詞客，來聽斷腸語。　自注：『行到橋南無酒賣，老天猶困英雄。』龍洲詞斷句也。蘇紹叟憶劉改之詞：『任槎上張騫，山中李廣，商略儘風度。』

好事近 靈隱夜歸蔣氏湖莊作

湖氣鬱衣巾，步入寶坊林月。耐得山亭泉冷，信肝腸如雪。　出山十里蟪蛄聲，聞根甚時歇？據槁安心隨地，又南鄰鐘發。

摸魚子 龍華看桃花

懶能探劫餘芳信，年年閑了遊騎。祇林依舊霞千樹，嬌入上春羅綺。紅十里，還一掩一層，淡沱煙光裏。東風旋起。悄不似仙源，將家小住，便作避秦計。　玄都夢，消與金門遊戲，夢回惆悵何世。華鬘天也無香色，説甚道場興廢？空徙倚，怕輕薄芳姿，未省傷春意。劉郎倦矣。任題遍花箋，都無好語，賸濺感時淚。

小重山　晚過黃渡

過客能言隔歲兵，連村遮戍壘，斷人行。飛輪衝瞑試春程。回風起，猶帶戰塵腥。　日落野煙生。荒螢三四點，淡於星。叫群創雁不成聲。無人管，收汝淚縱橫。

齊天樂 乙丑九日，庸庵招集江樓

年年消受新亭淚，江山太無才思。戍火空村，軍笳壞堞，多難登臨何地？霜飆四起，帶驚雁聲聲，半含兵氣。老慣悲秋，一尊相屬總無味。

登樓誰分信美，未歸湖海客，離合能幾？明日黃花，清晨白髮，飄渺蒼波人事。茱萸舊賜，望西北浮雲，夢迷醒醉。並影危闌，不辭輕命倚。

隔溪梅令 己巳元日，賦示詰禪

換年簫鼓沸鄰東，故情空。鏡裏凋顏不媚燭花紅，思悲今已翁。

閑門芳信比人慵。問東風。留命傷春深淺酒杯中，去年同不同？

木蘭花慢

感春和蒼虬

問東闌瘦雪，尚消得，幾清明？是拆繡樓臺，差池燕羽，佻巧鳩鳴。金鈴未知繫處，更蒼苔顛倒藉紅英。禁斷尋芳意緒，交加中酒心情。多生，有客惜香盟，愁檢瘞花銘。漸數盡番風，强扶倭墮，還忍伶俜。陰晴，問春未準，怕到頭開落總無聲。夢裏催歸杜宇，香車不勸逢迎。

南鄉子

病枕不成眠，百計湛冥夢小安。際曉東窗鶗鴂唤，無端，一度殘春一惘然！　歌底與尊前，歲歲花枝解放顛。一去不回成永憶，看看，唯有承平與少年。

浣溪沙 元夕枕上作

連夕東風結苦陰，通明簾幕卻偎衾。病軀無復酒懷侵。　止藥强名今日愈，探芳越減去年心。月華人意兩冥沈。

漢宮春 真茹張氏園，杜鵑盛開。後期而往，零落殆盡，歌和榆生

淒月三更，有思歸殘魄，啼噣能紅。傷春幾多淚點，吹渲闌東。綃巾揾濕，試潮妝、微發瓊鍾。新敕賜，一窠瑞錦，昭陽臨鏡猶慵。　攜榼卻慳才思，惹津橋沈恨，撩亂花茸。芳華慣禁閑地，不怨東風。鶴林夢短，委孤根、竹裂山空。三嗅、拾馨香細泣，何時添譜珍叢？

渡江雲 望蒼虬不至，倚此致懷

春裝喧遠素，倚樓倦睫，雁外數南程。舊京花事減，去住無端，坐閲柳條青。催人怨鴂，背夜月、啼到無聲。何計尋？白頭料理，聚散隔年情。　　消凝，鑪煙依戀，藥裹流連，分萍逢不定。渾未忘、延秋湖舸，話雨床鐙。心魂老去須相守，辦歲寒、尊酒平生。吟望苦，終期共惜伶俜。

右朱孝臧詞三十三首，録自《彊邨遺書》本《彊邨語業》。

【集評】張爾田曰：先生所爲詞，跨常邁浙，淩厲躒朱，逌然而龍鸞翔，甾然而蘭茝發。儗之有宋，聲與政通，如范、如蘇、如歐陽，深文而隱蔚，遠旨而近言，三薰三沐，尤近覺翁。（《彊邨遺書序》）又曰：侍郎詞晚年頗取法於蘇。（《龍榆生忍寒詞序》）又曰：古丈晚年詞，蒼勁沈著，絶似少陵夔州後詩。（《與龍榆生論彊邨詞書》）　夏敬觀曰：侍郎詞藴情高敻，含味醇厚，藻采芬溢，鑄字造辭，莫不有來歷，體澀而不滯，語深而不晦，晚亦頗取東坡以疏其氣。（《忍寒詞序》）　王國維曰：近人詞如復堂詞之深婉，彊邨詞之隱秀，皆在半塘老人上。彊邨學夢窗，而情味較夢窗反勝，蓋有臨川、廬陵之高華，而濟以白石之疏越者，學人之詞，斯爲極則。然古人自然神妙處，尚未見及。（《人間詞話》下）冒廣生曰：歸安朱古微侍郎，中歲始填詞，而風度矜莊，格調高簡。王幼遐云：『世人知學夢窗，知尊夢窗，皆所謂但學蘭亭之面；六百年來，真得髓者，古微一人而已。』（《小三吾亭詞話》卷二）葉恭綽曰：彊邨翁詞，集清季詞學之大成，公論翕然，無待揚榷。余意詞之境界，前此已開拓殆盡，今兹欲求於聲家特開領域，非別尋塗徑不可。故彊邨翁或且爲詞學之一大結穴，開來啟後，應有繼起而負其責者，此今日論文學者所宜知也。（《廣篋中詞》二）

◎況周頤

況周頤原名周儀，字夔笙，號蕙風，廣西臨桂人，原籍湖南寶慶。咸豐九年（一八五九）九月初一日生。以優貢生中式光緒五年（一八七九）鄉試，官内閣中書。嗜倚聲，與同里王鵬運共晨夕，於所作多所規誡，自是寖饋其間者五年。南歸後，兩江總督張之洞、端方先後延之入幕。晚居上海，以鬻文爲活。民國十五年丙寅（一九二六）七月十八日卒，年六十八。葬湖州道場山。有詞九種，合刊爲《第一生修梅花館詞》，後又删定爲《蕙風詞》一卷，其門人趙尊嶽爲刊於《蕙風詞話》後。周頤以詞爲專業，致力五十年，特精評品。所爲詞話，朱祖謀推爲絶作云。（參閲馮幵《況君墓誌》及余舊撰《清季四大詞人》）

蘇武慢　寒夜聞角

愁入雲遥，寒禁霜重，紅燭淚深人倦。情高轉抑，思往難回，淒咽不成清變。風際斷時，迢遞天涯，但聞更點。枉教人回首，少年絲竹，玉容歌管。憑作去出、百緒淒涼，淒涼惟有，花冷月閑庭院。珠簾繡幕，可有人聽？聽也可曾腸斷？除卻塞鴻，遮莫城烏，替人驚慣。料南枝明月，應減紅香一半。

【評】王國維曰：境似清真，集中他作，不能過之。（《人間詞話》下）葉恭綽曰：「珠簾繡幕」三句，乃夔翁所最得意之筆。（《廣篋中詞》二）

摸魚兒 詠蟲

古牆陰、夕陽西下，亂蟲蕭颯如雨。西風身世前因在，儘意哀吟何苦。誰念汝，向月滿花香，底用淒涼語？清商細譜。奈金井空寒，紅樓自遠，不入玉箏柱。閑庭院，清絕卻無塵土，料量長共秋住。也知玉砌雕闌好，無奈心期先誤。愁謾訴，只落葉空階，未是消魂處。寒催堠鼓。料馬邑龍堆，黃沙白草，聽汝更酸楚。

水龍吟

己丑秋夜，賦角聲《蘇武慢》一闋，爲半唐所擊賞。乙未四月，移寓校場五條胡同，地偏宵警，嗚嗚達曙，淒徹心脾。漫拈此解，頗不逮前作，而詞愈悲，亦天時人事爲之也。

聲聲只在街南，夜深不管人憔悴。淒涼和并，更長漏短，彀人無寐。燈炧花殘，香消篆冷，悄然驚起。出簾櫳試望，半珪殘月，更堪在，煙林外。

愁入陣雲天末，費商音、無端淒戾。鬢絲搔短，壯懷空付，龍沙萬里。莫謾傷心，家山更在，杜鵑聲裏。有啼烏見我，空階獨立，下青衫淚。

減字浣溪沙 九首録二

余賦櫻花詞屢矣，率羌無故實。偶閲黄公度《日本雜事詩注》及日人原善公道《先哲叢談》，再占此九調。時乙卯大暑前一日。

萬里移春海亦香，五雲扶艦渡花王。從教彩筆費平章。　萼緑華尤標俊賞，緑者尤娟倩。藐姑射不競濃妝。遍翻芳譜只尋常。

•

舜水祠堂璨雪霞，廣平鐵石賦梅花。葛薇身世一枯槎。　紅樹仙源仍世外，彩旛春色換鄰家。過牆蜂蝶近紛挐。

定風波

未問蘭因已惘然，垂楊西北有情天。水月鏡花終幻跡，贏得，半生魂夢

與纏綿。户網遊絲渾是罥，被池方錦豈無緣？爲有相思能駐景，消領，
逢春惆悵似當年。

曲玉管 憶虎山舊遊

兩槳春柔，重闉夕遠，尊前幾日驚鴻影。不道瓊簫吹徹，淒感平生。忍
伶俜。杳杳蘅皋，茫茫桑海，碧城往事愁重省。問訊寒山，可有無限傷情？
作鐘聲。　換盡垂楊，只縈損、天涯絲鬢。那知倦後相如，春來苦恨青青。
楚腰擎。抵而今消黯，點檢青衫紅淚，夕陽衰草，滿目江山，不見傾城。

【評】葉恭綽曰：末三句亦所最自賞。（《廣篋中詞》二）

西子妝

蛾蕊顰深，翠茵蹴淺，暗省韶光遲暮。斷無情種不能凝，替消魂、亂紅多處。飄零信苦，只逐水、霑泥太誤。送春歸，費粉娥心眼，低徊香土。嬌隨步。著意憐花，又怕花欲妒。莫辭身化作微雲，傍落英、已歌猶駐。哀箏似訴，最腸斷、紅樓前度。戀寒枝、昨夢，驚殘怨宇。

【評】葉恭綽曰：怨斷淒涼，意内言外。（《廣篋中詞》二）

減字浣溪沙 聽歌有感

惜起殘紅淚滿衣，它生莫作有情癡。人天無地著相思。花若再開非故樹，雲能暫駐亦哀絲。不成消遣只成悲。

減字浣溪沙 二首

風雨高樓悄四圍，殘燈黏壁淡無輝。篆煙猶裊舊屏幃。　已忍寒欺羅袖薄，斷無春逐柳緜歸。坐深愁極一霑衣。

一曓温存愛落暉，傷春心眼與愁宜。畫闌憑損縷金衣。　漸冷香如人意改，重尋夢亦昔遊非。那能時節更芳菲？

右況周頤詞十一首，録自惜陰堂刊本《蕙風詞》。

【集評】王國維曰：蕙風詞小令似叔原，長調亦在清真、梅溪間，而沈痛過之。彊邨雖富麗精工，猶遜其真摯也。天以百凶成就一詞人，果何爲哉？（《人間詞話》下）葉恭綽曰：夔笙先生與幼遐翁崛起天南，各樹旗鼓。半塘氣勢宏闊，籠罩一切，蔚爲詞宗；蕙風則寄興淵微，沈思獨往，足稱巨匠。各有真價，固無庸爲之軒輊也。（《廣篋中詞》二）

◎汪兆鏞

汪兆鏞字伯序，號憬吾，廣東番禺人，原籍浙江山陰。咸豐十一年（一八六一）生。光緒十五年（一八八九）舉於鄉，兩應禮部試，不售，遂南歸，爲人佐治。辛亥後僑居澳門，閉户撰述。嘗受業陳澧門下，治經、治史，一以師説爲歸。民國二十八年（一九三九）卒，年七十九。著有《晉會要》《碑傳集三編》《微尚齋詩文集》《雨屋深鐙詞》等。（參閲張爾田撰《汪君墓誌銘》）

憶舊遊 登韶州九成臺

隱林梢半角，危榭荒臺，蹋碎涼煙。無限蒼茫意，恰泠泠虚籟，飛到吟邊。晚風暗吹雙鬢，秋影不堪憐。念津鼓敲寒，郵鐙煮夢，銷損華年。留連，感今古，問法曲南薫，遺響誰傳？賸平蕪殘照，添數絲衰柳，摇落山川。悵觸天涯情緒，淒咽答幽蟬，休更計明宵，疏篷涷雨人獨眠。

【評】葉恭綽曰：神似玉田。（《廣篋中詞》三）

塵。

柳梢青

雨暗煙昏，故園何處？花落成茵。幾日離愁，閑抛笛譜，懶拂筝塵。儘教燕去鶯嗔，休忘卻、東風舊因。夢裏還尋，愁邊獨寫，忍説殘春？

【評】葉恭綽曰：欲言不盡。（《廣篋中詞》三）

蝶戀花

榆生以詠木棉詞見示，奉和一闋。（廣州北城，跨粤秀山，山多紅棉，暮春花時，照耀雉堞間，偉麗絶勝。聞山中人云：『二十年來，林巒陊貿，非承平日風景矣！』）

霸氣銷沈山嵽嵲，望極愁春，春釀花如血。照海燒空誇獨絶，東風笑客誰堪折？一片蕪城都飽閲，火樹年年，摇落清明節。聽取鷓鴣啼木末，畫情空憶山樵説。木棉一名烽火樹。乾隆間，粤人郭樂郊善畫木棉鷓鴣，黎二樵喜作紅棉碧嶂圖，一時齊名。

右汪兆鏞詞三首，録自《雨屋深鐙詞》及《詞學季刊》。

【集評】夏敬觀曰：憬吾詞致力姜、辛，自抒懷抱，其品概亦今日之鄺湛若也。（《忍古樓詞話》）

◎俞陛雲

俞陛雲字階青，浙江德清人。同治七年戊辰（一八六八）三月十七日生。祖樾，近代經師。陛雲承家學，光緒戊戌（一八九八）科會試成進士，殿試一甲三名及第，授編修。壬寅（一九〇二）出任四川鄉試副考官，著《入蜀驛程記》。辛亥後，寄寓北京，一九五〇年十月十二日卒，年八十三。刊有《樂靜詞》。

浣溪沙

風皺柔懷水不如，碧城消息近來疏。嫩涼人意倦妝梳。　錦幄明燈鴛索夢，文梁斜日燕窺書。瞢騰渾不信當初。

莫向流萍托愛根，侵階羅襪怨黃昏。單衾殘燭與溫存。　風定流塵棲繡榻，街空斜月掩朱門。穠華如水澹留痕。

高陽臺

辛巳歲，先室絢華，侍祖外舅彭剛直公歸衡陽。時余年十四，婦年十六。舟發胥江，依依惜別，爲第一度分襟處。三十年來，傷離感逝之懷，焉得逢人而語？黄陵瑶瑟，飆乘仙女之蹤；元武明珠，淚結相思之字。野水孤帆，城陰一角，夕陽無語，離思當年，低回獨喻云。

崎岸無人，亂山如夢，重來儘耐思量。乍展情芽，嬌憨騎竹年光。關河未識天涯遠，只難禁、酸沁迴腸。掩離觴，忍淚低鬟，已濕羅裳。噓寒問煖尋常語，到臨歧囑付，垂老難忘。小坐遷延，一雙人影斜陽。卅年綺恨飄風過，剪秋燈、誰話滄桑？向横塘，淡月昏煙，獨雁迴翔。

浣溪沙 重過陶然亭

山色林光一碧收，小車穿葦宛行舟。退朝裙屐此淹留。衰柳有情還繫馬，夕陽如夢獨登樓。題牆殘字蘚花秋。

庚寅春，偕宗子戴、姜穎生諸君來遊，見西牆有雪珊女史題句云：『柳色隨山上鬢青，白丁香折玉亭亭。天涯寫遍題牆字，只怕流鶯不解聽。』三十載重遊，舊題已漫漶矣。

浣溪沙 憶苕溪舊遊

偃月橋西曲港通，貪看山色屢支篷。輕衫涼約野塘風。菜隴割苗環稚子，蔗田舞杖醉村翁。近鄉人語樂年豐。

數點蘋花映釣磯，幾彎桑徑隱柴扉。溪中雲影逐帆飛。秋水黃敧漁簖竹，朝陽紅曬舵樓衣。鄉園風物總依依。

薄晚輕舟任所之，沿流村屋上燈遲。歸鴉占盡緑楊枝。　　芳草久荒

高士宅，殘花猶發女郎祠。夕陽吟望自移時。

右俞陛雲詞七首，録自家刊本《樂静詞》。

◎趙熙

趙熙字堯生，號香宋，四川榮縣人。同治六年丁卯（一八六七）九月十三日子時生。光緒庚寅（一八九〇）進士，授編修，轉江西道監察御史，以抗直敢言，著稱清季。工詩，善書，間亦作畫。詩篇援筆立就，風調冠絶一時。偶撰戲詞，傳播婦孺之口。喜獎掖後進，不爲崖岸。蜀中遭亂，寇盜不敢侵，人以擬之『鄭公鄉』云。民國三十七年（一九四八）九月二十七日（陰曆八月二十五日申時）卒於故里，年八十二。熙素不填詞，壬子自滬歸里後，於六百日中，成《香宋詞》三卷，丁巳（一九一七）刊於成都，自後絶不復作。詩篇隨手散落，有手寫《峨眉紀行詩》，曾影印行世，傳本甚稀。近由其門人周善培、江庸等輯録遺稿，排印爲《香宋詩前集》二册，亦非其全也。

三姝媚　下平羌峽

涼煙秋滿灞，出平羌、山光水光如畫。近緑遥青，襯小灘簑笠，夕陽桑柘。雁路高寒，閑動了、江湖情話。半世天涯，無福移家，海棠香社。前渡嘉州來也。指竹里龍泓，酒鄉鷗榭。一段天西，想萬蒼千翠，定通卬雅。斷塔林梢，詩思在烏尤山下。淡淡青衣漁火，寒鐘正打。

【評】葉恭綽曰：詩人之詞。（《廣篋中詞》三）

甘州 寺夜

任西風、吹老舊朝人，黃花十分秋。自江程換了，斜陽瘦馬，古縣龍遊。歸夢今無半月，蔬菜滿荒丘。笠青山影，留我僧樓。次第重陽近也，記去年此際，海水西流。問長星醉否？中酒看吳鉤。度今宵、雁聲微雨，賴碧雲紅葉識鄉愁。清鐘動，有無窮事，來日神州。

【評】葉恭綽曰：蒼秀入骨。（《廣篋中詞》三）

婆羅門令

兩月來蜀中化爲戰場，又日夜雨聲不絶，楚人云：『后土何時而得乾也！』山中無歌哭之地，黯此言愁。

一番雨滴心兒碎，番番雨便滴心兒碎。雨滴聲聲，都妝在心兒裏。心上、雨干甚些兒事？　今宵滴聲又起，自端陽、已變重陽味。重陽尚許花將息，將睡也，者天氣怎睡？問天老矣，花也知未？雨自聲聲未已，流一汪兒水，是一汪兒淚！

右趙熙詞三首，録自《香宋詞》。

【集評】夏敬觀曰：香宋詞芬芳悱惻，騷、雅之遺，固非詹詹小言也。（《忍古樓詞話》）

◎桂念祖

桂念祖一名赤，字伯華，江西德化人。同治八年（一八六九）生，與夏敬觀同師皮錫瑞，經學詞章，根柢深厚。光緒丁酉（一八九七）中副舉。以甲午（一八九四）受刺激，戊戌（一八九八）從康、梁變政，主滬萃報館。梁啟超離湖南，舉念祖代時務學堂講席。未行而難作，念祖匿於鄉，旋趣金陵，依楊文會學佛。嗣後留學日本十餘年，以民國四年（一九一五）三月五日客死。臨終，自撰挽聯云：『無限慚惶，試迴思曩日壯心，秖餘一慟；有何建白？惟收拾此番殘局，準備重來。』（參考《忍古樓詞話》及歐陽漸撰《桂伯華行述》）遺詞收入《藝蘅館詞選》者三首，連《忍古樓詞話》所載，共六首而已。

臨江仙

落盡紅英千點，愁攀綠樹千條。雲英消息隔藍橋。袖間今古淚，心上往來潮。懊惱尋芳期誤，更番懷遠詩敲。靈風夢雨自朝朝。酒醒春色暮，歌罷客魂消。

【評】葉恭綽曰：語含哲理，詩雜仙心。（《廣篋中詞》二）

菩薩蠻　讀小山詞

清

才華已爲情銷損，那堪又被多情困？珠玉女兒喉，新詞懶入眸。

愁消不得，夢入蓮花國。方信斷腸癡，斷腸天不知。

右桂念祖詞二首，録自《藝衡館詞選》，依《廣篋中詞》及《忍古樓詞話》校正。

◎張爾田

張爾田一名采田，字孟劬，浙江錢塘人。同治十三年（一八七四）正月二十九日生。父上龢，曾從蔣春霖受詞學，又與鄭文焯爲詞畫至交，僑寓蘇州，著有《旲漚煙語》。爾田治史學及《俱舍論》甚深。清季官候補知府。民國初建，預修《清史》，旋任北京大學教授，晚爲燕京大學國學總導師。以民國三十四年（一九四五）陰曆正月初七日卒，年七十二。著有《史微》《玉溪生年譜會箋》《清史后妃傳》《遯龕文集》等書。《遯龕樂府》一卷，刻入《滄海遺音集》。余爲別刊二卷本，最爲完備。（參閱《詞學季刊》爾田撰《大鶴山人逸事》及夏敬觀著《忍古樓詞話》）

燭影摇紅 晚春連雨，感懷

輕暖輕寒，謝巢愁損雙棲燕。東風只解絆楊花，往事和天遠。半鏡流紅淴遍，蕩愁心、傷春倦眼。數峰窺户，約略殘顰，一眉新怨。寥落空尊，少年曾預西園宴。流光銷盡雨聲中，此恨憑誰遣？容易林禽又變，緑塵飛、薔薇弄晚。懨懨睡起，澹日花梢，無人庭院。

三姝媚 中秋夜，感遇成歌

西堂殘燭灺。蕩簾波沈沈，鏡天無罅。細浪芳尊，繞桂叢猶記，賞秋闌夜。露脚飛遲，雙鬢、妥花飄涼麝。望裏瓊空，依約年時，半鐙蛩話。

春老蘭情衰謝。歡舊篋題香，怨紅銷帕。扇底圓姿，問故山眉意，澹蛾誰畫？倦眼霄程，還自覷、仙軿來下。那更蒼龍侵曉，瑤臺夢惹。

木蘭花慢 堯化門車中作

倚軨天似醉，問何地，著羈才？看亂雪荒壕，春鵑淚點，殘夢樓臺。

低徊笛中怨語，有梅花、休傍故園開。燕外寒欺酒力，鶯邊煖閣吟懷。

鶯猜，

鬢縷霜埃。杯暗引，劍空埋。甚蕭瑟蘭成，江關投老，一賦誰哀？秦淮，舊時月色，帶棲烏還過女牆來。莫向危帆北睇，山青如髮無涯。

采桑子 史館秋蓼

舊家池館栽無地，一角牆東。晝出霜容，澹到秋心不許紅。　夕陽著意相憐藉，媚盡西風。蝶夢煙空，明日登樓送塞鴻。

玉漏遲

古微丈逝世海上，讀弁陽翁弔夢窗『錦鯨仙去』句，愴懷萬端，即用其調，以當哀些。

亂離詞客少。錦鯨仙去，鶴歸華表。把酒生平，都是舊時言笑。零落霜腴潤墨，流怨入江南哀調。春恨渺，十年心事，殘鵑能道。　白頭飽閱興亡，又淺到紅桑，海塵揚了。萬里吞聲，淒絶杜陵愁抱。歸唱水雲夜罄，料應比、人間春好。鷗夢覺，沈沈下峰殘照。

聲聲慢 閑步郊原，追念彊邨翁，淒然成詠

碧將山斷，紅帶霞分，登臨何限霑衣？醉後羊曇，西園處處花飛。芳洲已無杜若，便涉江、欲采貽誰？還解佩，甚楚蘭盈把，都化相思？　怕聽黃壚碎語，幾夜窗秉燭，驚夢猶疑。舊隱鷗邊，如今應悵人非。飄零墜梅怨曲，尚泠泠、海上心期。愁更遠，撫霜鴻、彈斷素徽。

鷓鴣天 六十自述

六十明朝過眼新，鏡中吟鬢老於真。寄生槐國原無夢，避世桃源豈有

津？蒼狗幻，白鷗馴。安排歌泣了閑身。百年垂死今何日？曾是開天樂世人。

石州慢《上彊邨授硯圖》，爲榆生題

蛻後哀蟬，珍重瓣香，詞老親敕。高情無著庵中，夢泠閑鷗成憶。藥鑪禪榻，幾人夜半傳衣，踏天直割蟾蜍月。彩筆素心違，想吟邊頭白。休説，薰香紅袖，諫草青蒲，舊家遺直。繙譜新聲，流怨雲腴能識。勸君攜取，蕭條異代吾師，晴窗長伴研朱滴。潑墨霅川圖，滿空江煙闊。

木蘭花令

繁華催送，人世恍然真一夢。何處笙歌？水殿風來散敗荷。饑烏啄肉，回首都亭三日哭。國破城空，殘照千山淚點紅。

滿庭芳 丁丑九月，客燕京，書感

照野江烽，連天海氣，物華捲地休休。殘陽一霎，怎不爲人留？幾點昏鴉噪晚，荒邨外、鬼火星稠。傷高眼，還同王粲，多難强登樓。　驚弓如塞雁，林間失侶，落影沙洲。便青山縱好，何處吾丘？夜夜還鄉夢裏，分飛阻、重到無由。空城上，戍旗紅閃，白日淡幽州。

浣溪沙

著意人前暈翠螺，嬌多貪耍不成歌。長裙出水碾新荷。　斗帳罷熏添古刺，香輪催發響摩托。月明歸路奈君何？

渡江雲 僦園雜時花木，頗有終焉之志，賦示榆生、瞿禪

溪堂何處好？雜花手植，背郭俯晴郊。十年雲海卧，自斷音書，泛宅到漁樵。舟横野彴，漸夢落江雨春潮。蘭徑深，隔鄰疏援，紫蔓上藤梢。無聊，牆東遺世，塞北爲家，任旁人一笑。休更驚羌村烽火，投老安巢。緑陰滿地初宜夏，步水曲山鳥相招。沈醉語，生涯換得枯瓢。

右張爾田詞十二首，録自忍寒盧刊本《遯盦樂府》。

【集評】夏敬觀曰：君自遘世蹇屯，益勵士節，勤撰述。其寓思於詞也，時一傾吐肝肺芳馨，微吟斗室間，叩於窈冥，訴於真宰，心癯而文茂，旨隱而義正，豈餘子所能幾及哉？（《遯盦樂府序》） 葉恭綽曰：孟劬詞淵源家學，濡染甚深，與大鶴研討，復究極幽微，故所作亦具冷紅神理。（《廣篋中詞》三）

◎陳洵

陳洵字述叔，廣東新會人。少有才思，遊江右十餘年。晚歲教授廣州中山大學。歸安朱孝臧見其詞，甚加推許，嘗稱新會陳述叔、臨桂況夔笙爲『並世兩雄，無與抗手』。又爲校印所著《海綃詞》，並題句曰：『雕蟲手，千古亦才難。新拜海南爲上將，試要臨桂角中原。來者孰登壇？』亦見其推許之至矣。其後復收入《滄海遺音集》，共二卷。洵生性孤峭，少與順德黃節善。番禺梁鼎芬每爲揚譽，並稱『陳詞黃詩』。以同治十年（一八七一）生，民國三十一年（一九四二）五月初六日卒於廣州，年七十二。（參考黃節《海綃詞序》及《同聲月刊》第二卷第六號予所撰《陳海綃先生之詞學》）尚有遺詞一卷，待刊。

六醜 木棉謝後作

正朱華照海，帶碧瓦、參差樓閣。故臺更高，無風花自落，一夢非昨。過眼千紅盡，去來歌舞，怨粉輕衣薄。青山客路鵑啼惡。淚斷香緜，燈收雨箔。

頽然舊遊城郭，尚幢幢日蓋，殘霸天邈。川盤嶺礴，算孤根易託。頓有離家恨，何處著？争枝又鬧群雀。似依依念定，惹茸曾約。芳韶好柳黄初啄。得知道一樣天涯化絮，到頭漂泊。山中事分付榴萼。笑燕子尚戀西園夜，春歸未覺。

長亭怨慢 譚子端家燕巢復毁，再賦

正飛絮人間無主，更聽淒淒，碧紗煙語。夢跡空梁，淚痕殘照有今古。託身重省，都莫怨狂風雨。自別漢宫來，眄故國平居何處？且住。甚尋常客恨，也到舊家閑宇？天涯又晚，恐猶有野亭孤露。漫目斷黯黯雲檣，付邨落黄昏衰鼓。向暗裏銷凝，誰念無多桑土？

瑞龍吟

莊頭邨花田，自五代迄今，蓋亦地之韻者。余既來遊，感歎今昔，托之於音。

是何世？依舊占水耕花，就橋通市。朝朝簪約裾盟，有情未免，多才盡費。凝愁睇，情共露晞平曉，夢痕清泚。分攜斂日墟煙，步波皺損，嬌塵漫委。遍稱天涯芳怨，眼中今古，秋聲還起。誰惜故山衰遲，吟畔憔悴。鮫綃罷織，愁迸蠻珠碎。傷心到無人爲省，荒村年歲。換劫鬘華墜。海風卷盡，宮斜癈隧。須信吾鄉美，終未比仙源桃花春水。感時倦客，空抛鉛淚。

虞美人

芳菲冉冉辭鶗鴂，又作人間別。黄昏樓殿月冥濛，一夜高寒相望斷天風。宮衣瘦盡苕華在，不信連環解。無情遼水自年年，只有雁飛猶見舊山川。

虞美人 夜闌炳燭，聊復命題

蘭成先自吟魂斷，雁塞龍沙遠。鑪煙銷盡始孤明，恰稱天涯今夜此時情。

淒花颭颭流塵泊，惜别心如昨。曙窗誰爲喚啼紅？故國新霜簾幕夢華中。

風入松 重九

人生重九且爲歡，除酒欲何言？佳辰慣是閒居覺，悠然想、今古無端。幾處登臨多事，吾盧俯仰常寬。

菊花全不厭衰顔，一歲一回看。白頭親友

垂垂盡，尊前問、心素應難。敗壁哀蛩休訴，雁聲無限江山。

【評】葉恭綽曰：沈厚轉爲高渾，此境最不易到。（《廣篋中詞》三）

水龍吟 丁卯除夕

春來準擬開懷，是誰不放殘年去？寒更燈火，斷魂依在，嚴城戍鼓。天北天南，一聲歸雁，有人愁苦。算尋常經過，今年事了，都休向，明朝語。

光景花前冉冉，倚東風、從頭還數。因循卻怕，登臨無地，夕陽如故。爛醉生涯，頹然自卧，懶歌慵舞。待鳴雞喚起，白頭簪勝，儘平生度。

南鄉子 己巳三月，自郡城歸鄉，過區莘吾西園話舊

不用問田園，十載歸來故舊歡。一笑從知春有意，籬邊，三兩餘花向我

妍。哀樂信無端，但覺吾心此處安。誰分去來鄉國事，淒然，曾是承平兩少年。

燭影摇紅 滬上留别彊邨先生

鱸膾秋杯，樹聲一夜生離怨。趁潮津月向人明，還似當時見。芳草天涯又晚，送長風、蕭蕭去雁。淒涼客枕，宛轉江流，揭來孤館。頭白相看，後期心數逡巡遍。此情江海自年年，分付將歸燕。襟淚香蘭暗泫，兩無言、青天望眼。老懷翻怕，對酒聽歌，吴姬休勸。

宴山亭　辛未九日，與風餘諸子風雨登高

閑夢東籬，悽絶素心，暝色相攜高處。殘照翠微，舊月黄昏，佳約有時風雨。漫惜多陰，知道是、秋光誰主？凝佇，曾舊識江山，看人無語。還喜，身健登臨，且隨分清尊，慰秋良苦。漉巾愛酒，岸幘簪花，商略較誰風度？盡日停雲，休更憶、昔年親故。遲暮，須料理、幽居詞賦。

玉樓春　酒邊偶賦，寄榆生

新愁又逐流年轉，今歲愁深前歲淺。良辰樂事苦相尋，每到會時腸暗斷。

山河雁去空懷遠，花樹鶯飛仍念亂。黄昏晴雨總關人，惱恨東風無計遣。

右陳洵詞十一首，録自《滄海遺音集》本《海綃詞》及未刊稿。

【集評】朱孝臧曰：海綃詞神骨俱静，此真能火傳夢窗者。又曰：善用逆筆，故處處見騰踏之勢，清真法乳也。又曰：卷二多樸遬之作，在文家爲南豐，在詩家爲淵明。（彊邨老人手批《海綃詞》）張爾田曰：比閲近代詞集頗多，自當以樵風爲正宗，彊邨爲大家也。述叔、吷盦，各有偏勝，無傷詞體。陽阿才人之筆，蒼虬詩人之思，降而爲詞，似欠本色。又曰：蒼虬頗能用思，不尚浮藻，然是詩意，非曲意，此境亦前人所未到者。述叔、吷盦，皆從詞入，取徑自别，但一則運典能曲，一則下筆能辣耳。（《與龍榆生論詞書》）葉恭綽曰：述叔詞最爲彊邨翁所推許，稱爲一時無兩。述叔詞固非襞積爲工者，讀之，可知夢窗真諦。（《廣篋中詞》三）

◎梁啟超

梁啟超字卓如，號任公，廣東新會人。清同治十二年（一八七三）正月二十六日生。爲南海康有爲弟子。光緒間，與有爲鼓吹變法，世號『康梁』。戊戌政變後，亡命日本。民國初，一任財政總長，旋復漫遊歐陸。晚歲主講清華大學研究院，壹意著書。民國十八年（一九二九）一月十九日卒於北平，年五十六。有《飲冰室全集》，卷帙浩繁，附詞一卷。

金縷曲 丁未五月歸國，旋復東渡，卻寄滬上諸子

瀚海飄流燕，乍歸來依依難認，舊家庭院。唯有年時芳儔在，一例差池雙翦。相對向斜陽淒怨。欲訴奇愁無可訴，算興亡已慣司空見。忍拋得，淚如綫。　故巢似與人留戀。最多情欲黏還墜，落泥片片。我自殷勤銜來補，珍重斷紅猶軟。又生恐重簾不卷。十二曲闌春寂寂，隔蓬山何處窺人面？

休更問，恨深淺。

【評】葉恭綽曰：『深心託豪素。』（《廣篋中詞》二）

右梁啟超詞一首，録自《藝蘅館詞選》。

◎易孺

易孺號大厂，又號韋齋，廣東鶴山人。同治十三年（一八七四）三月十三日生。原名廷熹，字季復。早歲肄業廣雅書院，爲陳澧再傳弟子。中年遊學日本，習師範。旋從楊文會學佛。工詩、詞、書、畫，尤精篆刻。歷任北京高等師範學校、上海音樂院教授。與蕭友梅合作新體樂歌，盛行於民國初年。晚歲窮愁潦倒，以民國三十年（一九四一）十一月初九卒於上海，年六十八。孺填詞務爲生澀，愛取周、吴諸僻調，一一依其四聲虚實而强填之，用心至苦，自謂『百澀詞心不要通』云。有寫本《大厂詞稿》行世。遺製《和玉田詞》一卷，漸趨疏雋，待刊。

霜花腴　九日浦江園

怨潮暮咽，對莽蒼迢迢，賸寫心枯。衰草煙冥，碧天雲皺，秋花未引清娱。亂蓬已疏，奈淚深、先沐茱萸。怕殘蟬、做足銷凝，夢悽聲晚渺寒蕪。　仙客醉楓山路，競分箋刻燭，記在西湖。佳節都過，閑情依舊，而今慧蹟全孤。據愁槁梧，惱暗葺羞帽微烏。更滄溟雁遠颿遲，幾人知寓書？

滿江紅

不匱詞翁、忍寒教授皆賜和拙作《滿江紅》之闋，驪感何既？別觸愴傷，更次前韻，分呈誨督。

一葉輿圖，慘換了幾分顏色。誰忍問二陵風雨，六朝城闕。雨粟哭從倉頡後，散花妙近維摩側。咽不成高指念奴嬌，聲聲歇。

塵根斷，無生滅。山河在，離言說。賸倉皇辭廟，報君以血。蜀道鵑魂環佩雨，胡沙馬背琵琶月。莽乾坤今日竟如何？同傾缺。

虞美人

霜中楓冷猶紅舞，樵笛憑誰譜？不求老屋得三間，讓與枯僧和餓占名山。　幽蘭自爾能心素，休作傾城顧。水清拈取一枝看，忍向春風爲伴卷簾寒。

右易孺詞三首，録自《大厂詞稿》及《和玉田詞》。

【集評】葉恭綽曰：大庵詞審音琢句，取徑艱澀。兹録其較疏快之作，解人當不難索也。（《廣篋中詞》三）

◎夏敬觀

夏敬觀字劍丞，號盥人，又號吷庵，江西新建人。光緒元年（一八七五）五月初十日生於長沙。甲午（一八九四）舉人，歷任三江師範學堂、復旦、中國公學監督，江蘇巡撫參議，署提學使。民國初，任浙江教育廳長。旋退隱滬西，築室康家橋，小有花木之勝。家精庖饌，恒與詞流嘯詠其間。通經、史，工詩、詞。晚歲斥賣舊宅，以鬻畫自給。一九五三年五月十四日（農曆四月初二日）卒，年七十九。著有《漢短簫鐃歌注》《詞調溯源》《忍古樓詞話》《忍古樓詩集》《吷庵詞》等書。

解連環

溪花零落，秋意漸深。偶溯舊遊，不勝遲暮之感，因賦此解，以遣愁懷。

後溪燈閣，迎飛螢度水，亂投簾幕。待兔影、纔轉高梧，聽斜透樓鐘，四鳴街柝。綷縩衣聲，誤風捲、葉啼廊角。早空梁射眼，照見玉人，粉淚雙落。蒼苔印殘繡屧，記銀屏抱汲，秋斷闌索。翠帶壓千疊愁香，繞衰柳彎堤，恨阻幽約。幾日驚飆，對萬頃、疏紅殘萼。問誰知？素娥耐冷，夜情似昨。

徵招

花朝社集，追念漚翁下世，各擬輓章。五旦徵調最哀，爲燕樂所不備。白石尋韻作譜，音響巉峭。覆杯墮淚，漫倚此聲。

温風不解哀絃冷，泠泠霅溪霜水。縹緲鶴歸雲，斷詞仙遊戲。舜韻潛在耳，念遺響、紫霞能記。痛絕人琴，折楊難繼，玉桐教碎。眼底破家山，空憑弔，淒涼故人身世。帝所奏鈞天，喚頹魂不起。爲君圖玉笥，問誰識、女蘿山鬼？强持酒、一酹荒邱，奈谷蘭春萎。

石州慢 自題填詞圖

花底清歌，尊畔墜歡，那與頭白？誰呼醉席魂馨，起拂硯埃教惜。箋天有恨，試遣譜入宮商，媧皇絲竹皆陳跡。宛轉訴愁環，聽秋蟲虛織。岑寂。好山來夢，荒谷行吟，念中泉石。憑仗吳裝，替寫林嵐蒼碧。敲殘柳癭，送老久厭名場，閑謳莫付南樓笛。曙海盪行襟，澹叢悲餘憶。

烏夜啼

玉繩初掛牆東，去花叢。遮莫圓如秋扇感西風。銀漢轉，衆星見，暗簾櫳。無奈寒螢三兩露華中！

小重山

人事支離到歲殘◎。夢程天樣闊●，枕難安◎。糾紛心目是關山◎。宵來雪●，未比曉晴寒◎。

身世寄危闌◎。樓臺噓蜃現●，不堪看◎。西飛多少雁聲酸◎。滄洲畔●，閑地可容寬◎？

八聲甘州

聽愁霖一陣打窗來●，層陰黯重軒◎。任皋雷殷地●，梅風拂渡●，莫掃蠻煙◎。江擁涕洟入海●，楚夢總無邊◎。誰管湯湯水●，漸蹴吳天◎。

廿載萍浮南北●，問故鄉何所●，能守田園◎。睹嚙根桑盡●，本不植高原◎。對滄洲、潮吞汐捲●，恐陸沈深恨有難言◎。空凝望●，止狂流駐●，休漲前川◎。

右夏敬觀詞六首，録自《吷庵詞》及《詞學季刊》。

【集評】葉恭綽曰：鑒丞平生所學，皆力闢徑塗。詞尤穎異，三十後已卓然成家。今又二十餘載矣。詞壇尊宿，合繼王、朱，固不徒爲西江社裏人也。（《廣篋中詞》四）

◎王國維

王國維字伯隅，號静安，浙江海寧人。光緒三年（一八七七）生。以諸生留學日本。早歲治詞曲，晚乃專力經史。適古文字器物出土者日多，因以其學識理董之，遂發前人所未發，爲世推重。晚主清華大學研究院，以民國十六年（一九二七）自沈萬壽山昆明湖以卒，年五十。身後遺著，彙刊爲《觀堂全書》，其《觀堂集林》則手定本也。又有《人間詞話》，别徵卓識，爲學者所稱。其《觀堂長短句》一卷，經朱孝臧删定，刊入《滄海遺音集》。國維論詞：『於五代喜李後主、馮正中，於北宋喜永叔、子瞻、少遊、美成，於南宋除稼軒、白石外，所嗜蓋鮮矣。尤痛詆夢窗、玉田，謂夢窗砌字，玉田壘句，一雕琢，一敷衍，其病不同，而同歸於淺薄。六百年來，詞之不振，實自此始。』（樊志厚序）云。

蝶戀花

百尺朱樓臨大道，樓外輕雷，不問昏和曉。獨倚闌干人窈窕，閑中數盡行人小。一霎車塵生樹杪，陌上樓頭，都向塵中老。薄晚西風吹雨到，明朝又是傷流潦。

浣溪沙

掩卷平生有百端，飽更憂患轉冥頑。偶聽啼鴂怨春殘。坐覺無何消白日，更緣隨例弄丹鉛。閑愁無分況清歡。

蝶戀花

窗外緑陰添幾許？賸有朱櫻，尚繫殘紅住。老盡鶯雛無一語，飛來銜得櫻桃去。坐看畫梁雙燕乳，燕語呢喃，似惜人遲暮。自是思量渠不與，人間總被思量誤。

右王國維詞三首，録自《觀堂長短句》。

【集評】樊志厚曰：君詞往復幽咽，動摇人心，快而能沈，直而能曲，不屑屑於言詞之末，而名句間出，往往度越前人。至其言近而指遠，意决而辭婉，自永叔以後，殆未有工如君者也。（《觀堂長短句序》）

◎邵瑞彭

邵瑞彭字次公，浙江淳安人。光緒十四年戊子（一八八八）生。清季入浙江省優級師範學堂，精研《齊詩》《淮南子》及古曆算學。民國初，被選爲衆議院議員，嗣以反對曹錕賄選，著聲於世。其後歷任北京師範大學、河南大學教授。晚歲寓居開封，窮愁潦倒，於民國二十七年（一九三八）一月四日卒。旋值倭亂，遺稿散佚，僅有《泰誓决疑》及所爲詞曰《揚荷集》四卷、《山禽餘響》一卷，已於生前刻版行世。

綺羅香

晚過神武門，殘荷欲盡，秋意可憐

汎瑟煙昏，欹槃露冷，一鏡愁漪低護。夢墮瑤臺，長恐萬妝争妒。念佳人、路隔西風，思帝子、訊沈北渚。怕相逢、恨井秋魂，月明遥夜耿無語。宫溝誰寫淚葉？回首霓裳换疊，繁華輕誤。玉簟香銷，零落襪塵殘步。便立盡、門外斜陽，又暗驚晚來疏雨。問涉江此際聞歌，斷腸君信否？

夜半樂 戊辰中秋

素商荏冉行邁，青天碧落，涼露方諸瀉。應令節年年，月輪斜掛。絳河卷夕，金風盪暑，望中千里清光，鳳城如畫。照繡陌香塵暗隨馬。　故人此際引領，刻燭吟成，弄珠遊罷。簾暮外重重仙雲爭迓。舊情偷藥，新愁倚樹，爲誰起舞霓裳，廣寒宮下？聽吹笛高樓怨遥夜。　向曉惆悵，桂魄難修，翠鬟空亞。換小劫山河又衰謝，舉瓊杯深恨萬古常娥寡。濃夢裏那有驪虞話？薊門秋好終無價。

西河 十八年前，曾和美成《金陵懷古》，今再爲之

征戰地，繁華事去難記？臨春殿閣委蒿萊，夜潮怒起。數聲鐵笛響秋風，哀歌人在雲際。　露臺上，和淚倚，轆轤古井繩繫。降幡又出石頭城，夢沈故壘。送他六代好江山，秦淮依舊煙水。　蜃樓過眼散霧市，訪龍幡羞認閭里。袖手夕陽時世，共齊梁四百僧房閑對，零落丹楓霜天裏。

木蘭花慢 彊邨師挽詞

倚闌干望遠，亂山外，暮雲橫。訝海水禁寒，江關促夢，淒感平生。泠泠，楚歌舊譜，把商絃彈絕更誰聽？過眼完人有數，到頭天意無憑。　嚴城，鼓角夜三更，孤月此心明。話別殿春雷，空林夏雪，一例吞聲。騎鯨，歸來甚

日？又要離冢畔草青青。忍對瓊樓玉宇，重招河嶽英靈。

浣溪沙

榆生得顧太清《東海漁歌》卷二孤本，亡友諸貞壯鈔本也。因憶昔年讀書醇邸，花時吟賞，屢興雍門之感。靈芬觸手，益難爲懷。賦短拍，寄榆生。

湖上春來翠作漪，樓頭人去柳垂絲。欲邀缺月酹蛾眉。　寒橐沿街更定後，涼風吹面酒醒時。滄桑殘怨費相思。

喬木平泉已就荒，一春煙雨困丁香。當年閒氣在閨房。　過眼青山銷粉黛，誰家玉笛唱伊涼。阻風中酒事尋常。

木蘭花慢 鄴城懷古

渡黃河北去，鞭不起，古漳流。想萬里風煙，三更燈火，殘霸中州。封侯壯心在否？聽西陵歌舞使人愁。高樹閑棲烏鵲，空階長卧貔貅。平疇落日下荒邱，忼慷看吴鉤。問傾淚移盤，沈沙折戟，誰記恩仇？回頭，漢家宫闕，賸鴛鴦瓦冷雉媒秋。欲喚南來王粲，爲君重賦登樓。

秋思 樊樓秋感，和夢窗

嘶馬樊樓側，駐夢華前事，廢池苔色。高樹汴堤，亂莎粱苑，雲遏天窄。譜哀曲山亭，候蟲吟恨掩更抑。漾市帘，秋焰碧。把萬疊關河，六更風露，付與翠綃封淚，耐人尋憶。聽徹，譙門弄，箭波錦繡慵飾。畫屏瑶瑟，悤悤催遍，謝郎髮白。漸月落參橫，夜闌征雁沈去翼。念故國，空記識。問換劫寒塵，滄桑何計避得？望切旌旗向北。

蝶戀花 四首

十二樓前生碧草，珠箔當門，團扇迎風小。趙瑟秦箏彈未了，洞房一夜烏啼曉。忍把千金酬一笑？畢竟相思，不似相逢好。錦字無憑南雁杳，美人家在長干道。

東去伯勞西去燕，織女黃姑，歲歲還相見。玉露無聲銀燭短，有人遙夜停鍼綫。二十四闌閑倚遍，河漢盈盈，爭似紅牆遠？井上朱絲牽不斷，中庭誰唱雙蕖怨？

目極梁王臺畔路△，千里浮雲●，一夜西窗雨△。倘使行人留得住△，不辭化作長亭樹△。彈絕幺絃聲更苦△，紅蓼花殘●，河水東流去△。錦帶吳鉤攜手處△，小屏山上燕支暮△。

冉冉中原歌舞地△，疊鼓垂燈●，夾道車如水△。把酒勸君須著意△，人生難得花前醉△。看遍千門桃與李△，牽動遊人●，隔岸拋蓮子△。一路秋蟲啼未已△，汝南遥夜雞聲起△。

齊天樂 南海木緜，花瓣作鞓紅色。榆生賦小令見示，報以此解

天花飛下兜羅手●，朦朧絳雲盈岸△。夢蝶新巢●，呼鶯舊里●，匀作珠房嬌面△。關河路遠△。聽刀尺高樓●，唾茸緘怨△。淚迸征袍●，故人心事歲寒見△。江南

柳綿漸少，亂山烽火裏，蟲語淒變。鏡檻凝塵，機絲引月，禁得回腸千轉。珊瑚搗遍。怕彈徹哀箏，洗多紅淺。待叩通明，爲君晴到晚。

右邵瑞彭詞十三首，録自《揚荷集》及《詞學季刊》。

【集評】夏敬觀曰：次公爲詞，宗尚清真，筆力雄健，藻彩豐贍。近自中州寄示所作五詞，則體格又稍變，運用典實，如出自然，博綜經籍之光，油然於詞見之，蓋託體高，乃無所不可耳。（《忍古樓詞話》）　葉恭綽曰：次公詞清渾高華，工於鎔翦。殘膏賸馥，正可沾溉千人。（《廣篋中詞》四）

◎吴梅

吴梅字瞿安，號霜厓，江蘇長洲人。光緒十年（一八八四）七月二十二日庚午生。專究南北曲，製譜、填詞、按拍，一身兼擅，晚近無第二人也。歷任北京大學、中山大學、中央大學教授，凡二十餘年。抗戰軍興，轉徙湘、桂間，以民國二十八年（一九三九）陰曆正月二十七日辛未卒於雲南大姚縣，年五十六。著有《霜厓三劇》，旁綴音譜，鏤版行世。亂中删定《霜厓詩録》《霜厓詞録》，有石印本流傳。

翠樓吟 秦淮遇京華故人

月杵聲沈，霜鐘響寂，今宵故人無寐。湖山淪小劫，正風鶴、長淮兵氣。南雲凝睇，又水國陰晴，千花彈淚。情難寄，庾郎凭處，自傷憔悴。可記殘粉宫城，指暮虹亭閣，冶春車騎。玉京芳信阻，怕絲管、經年慵理。人間何世？待冷擊珊瑚，西臺如意。秋心碎，板橋衰柳，莫愁愁未？

臨江仙

短衣羸馬邊塵緊，五年三渡桑乾。漫天晴雪撲歸鞍。郵亭呼酒，黄月大如盤。　苦對南雲思舊雨，杏花消息闌珊。新詞琢就付雙鬟。紫簫聲裏，但看六朝山。

清平樂 題鄭所南畫蘭，次玉田韻

騷魂呼起，招得靈均鬼。千古傷心留一紙，認取南朝天水。　北風吹散繁華，高邱但有殘花。花是託根無地，人還浪跡無家。

桂枝香 題龔半千畫

憑高岸幘。愛面郭小樓，紅樹林隙。妝點晴巒古畫，二分秋色。高人去後闌干冷，笑斜陽往來如客。野花盈路，當時俊侶，梁燕能識。但破屋、西風四壁。對如此江山，誰伴幽寂？湖海元龍未老，醉嫌天窄。笛中唱到漁歌子，賸無多金粉堪惜。暮寒人遠，何時重認，舊家裙屐？《詞録》題作《登掃葉樓倚王介甫體》，文句亦多竄易，此從《廣篋中詞》。

右吴梅詞四首，録自《廣篋中詞》及《忍古樓詞話》。

【集評】夏敬觀曰：瞿安爲曲家泰斗，其詞亦不讓遺山、牧庵諸公。近得其《霜崖讀畫録》，題鄭所南畫蘭次玉田韻《清平樂》、題龔半千畫《桂枝香》、題王東莊畫《長亭怨慢》諸詞，豪宕透闢，氣力可舉千鈞。予嘗謂元初詞得兩宋氣味，不似明、清諸家墮入纖巧。曲盛詞衰，實在明代。元曲高過後來，正由繼兩宋後，詞尚未衰也。（《忍古樓詞話》） 葉恭綽曰：瞿庵爲曲學專家，海内推挹。詞其餘事，亦高逸不凡。（《廣篋中詞》三）

◎黄侃

黄侃字季剛，湖北蘄春人。光緒十二年（一八八六）生。精究《爾雅》《説文》《廣韻》之學，爲餘杭章炳麟高第弟子。早歲遊日本，入同盟會。歸國後，歷任北京大學、武昌高等師範、南京中央大學教授。民國二十四年（一九三五）秋卒於南京，年五十。侃博學而不輕易著書，所批註《説文》《廣韻》，身後原擬由商務印書館以手稿影印，以倭難作，未果。傳世有《日知録校記》（龍氏忍寒廬刊本）、《文心雕龍劄記》（樸社印本）、《攜秋華室詞》（金陵大學排印本）。

西子妝

二月二十三日，社集北湖祠樓，感會有作

汀草緑齊，井桃紅嫩，共説尋春非晚。偶來高閣認前題，歎昔遊、歲華空换。滄波淚濺，算留得、閑愁未斷。凭曲闌，訝瘦楊如我，難招鶯燕。追歡宴，卻恨東風，攪起花一片。酒痕唯解漬青衫，比當時、醉情終淺。殘陽看倦，倩誰慰、天涯心眼？待重來，又怕平蕪絮滿。

小重山令 二月二十五日寒食，遊高座寺

馬腦岡頭石徑微。寂寥高座寺，掩禪扉。種松幾度旋成圍。人何在？春物鎮芳菲。青史事多違。梅陵留廟祀，也崔巍。野棠如雪落還飛。南朝夢，一例付斜暉。

【評】葉恭綽曰：高華。（《廣篋中詞》三）

右黃侃詞二首，録自《廣篋中詞》。

◎呂碧城

呂碧城字聖因，安徽旌德人。光緒九年（一八八三）生。姊妹三人，並工文藻。碧城與長姊惠如兼善填詞，早歲爲樊增祥所激賞。中年去國，卜居瑞士雪山中，專以弘揚佛法爲務。然興之所寄，不廢倚聲。第二次世界大戰起，始經美洲歸香港，民國三十二年（一九四三）一月二十四日病卒，年六十。（據《覺有情》半月刊龍健行撰《呂碧城女士傳》）遺命火化，骨灰和麵爲丸，投諸海中，結緣水族。初刊《信芳詞》行世。晚年復自刪訂，益以後來所作，彙印爲《曉珠詞》四卷，卷尾自識云：『慨夫浮生有限，學道未成，移情奪境，以詞爲最。風皺池水，狎而玩之，終必沈溺，凜乎其不可留也！』亦足覘其志趣。

祝英臺近

䌰銀瓶，牽玉井，秋思黯梧苑。蘸渌搴芳，夢墮楚天遠。最憐娥月含顰，一般消瘦，又別後、依依重見。

倦凝眄，可奈病葉驚霜，紅蘭泣騷晼？滯

粉黏香，繡屧悄尋遍。小闌人影淒迷，和煙和霧，更化作、一庭幽怨。

【評】樊增祥曰：稼軒『寶釵分，桃葉渡』一闋，不得專美於前。

玲瓏玉

阿爾伯士雪山，遊者多乘雪橇，飛越高山，其疾如風，雅戲也。

誰鬭寒姿？正青素乍試輕盈。飛雲溜屧，朔風迴舞流霙。羞擬淩波步弱，任長空奔電，恣汝縱橫。峥嶸，詫遥峰、時自送迎。望極山河羃縞，驚梅魂初返，鶴夢頻驚。悄碾銀沙，只飛瓊、慣履堅冰。休愁人間途險，有仙掌、爲調玉髓，池邐填平。悵歸晚，又譙樓、紅燦凍檠。

汨羅怨 過舊都作

翠拱屏巘，紅邐宮牆，猶見舊時天府。傷心麥秀，過眼滄桑，消得客車延佇。認斜陽門巷烏衣，匆匆幾番來去？輪與寒鴉，占取垂楊終古。閒話南朝往事，誰踵清遊，採香殘步？漢宮傳蠟，秦鏡熒星，一例穠華無據。但江城零亂歌絃，哀入黃陵風雨。還怕說花落新亭，鷓鴣啼苦。

陌上花 木棉花作猩紅色，别名烽火樹，和榆生教授之作

丹砂抛處，峰迴粤秀，茜雲催暝。絢入遥空，漫認霜天楓冷。長堤何限紅心草，猶帶烽煙餘恨。又花悽蜀道，鵑魂驚化，淚綃痕凝。料吴蠶應妒，三軍挾纊，不待嬌絲繅損。臉暈濃酲，黯鎖猩屏人影。鄂君繡被春眠暖，誰

念蒼生無分？待温回黍谷，消寒同賦，絳梅芳訊。

瑞鶴仙

予昔有《齊天樂》雪山觀日出之詞。今遊炎嶠，觀海日將沈，奇彩愈烈，更賦此詞，而感慨深矣！

瘴風寬蕙帶。又瘦影扶筇，楚香閑採。登臨感清快。對層雲曳縞，亂峰橫黛。搴裳步隘，正雨過、湍奔石瀨。戰松林、萬翠鳴秋，併作怒濤澎湃。凝睞，陰晴弄暝，愁近黄昏，蜃華催改。明霞照海，渲異豔，遠天外。竚丹輪半彈，迅頽羲馭，哀入驃平姚壯采。渺予懷，此意蒼涼，更誰暗解？

右呂碧城詞五首，録自《曉珠詞》。

後記

詞興於唐，流衍於五代，而極盛於宋。唐宋人詞，以協律爲主，其所依聲譜爲尋常坊曲所共肄習，文人寄興，酒邊命筆，紅牙鐵板，固可一一按拍而歌也。宋南渡後，大晟遺譜，蕩爲飛灰，名妓才人，流離轉徙，北曲興而南詞漸爲士大夫家所獨賞，一時豪俊如范成大、張鎡之屬，並家畜聲伎，或別創新聲，若姜夔之自度曲，其尤著者也。嗣是歌詞日趨於典雅，乃漸與民間流行之樂曲背道而馳，駸衍爲長短不葺之詩，而益相高於辭采意格，所謂『詞至南宋而遂深』，實由於是。且自蘇軾作爲横放傑出之詞，以發抒其性情襟抱，於是作者個性，益充溢乎字裏行間。姜夔以雋上之才，運清剛之筆，兼通音律，卓然以自名家。二派分流，千秋競爽。明乎蘇、姜各擅其勝，不妨脱離樂曲，而自成其爲富於音樂性之新體律詩，持此以衡宋、元以後之詞，而其起伏盛衰之故，可得而知也。元、明詞學中衰，文人弄筆，既相率入於新興南北曲之小令、散套，以蘄能被管絃，其自寫性靈，則仍以五七言古近體詩相尚，於是詞之音節，既無所究心，意格卑靡，亦至明而極矣。夫所謂意格，恒視作者之性情襟抱，與其身世之感，以爲轉移。三百年來，屢經劇變，文壇豪傑之士，所有幽憂憤悱纏綿芳潔之情，不能無所寄託，乃復取沈晦已久之詞體，而相習用之，風氣既開，兹學遂呈中興之象。明、清易代之際，江山文藻，不無故國之思，雖音節間有未諧，而意境特勝。迨朱、陳二氏出，衍蘇、辛、姜、張之墜緒，而分道揚鑣。康、乾之間，海内詞壇，幾全爲二家所籠罩。彝尊倡導尤力，自所輯《詞綜》行世，遂開浙西詞派之宗，所謂『家白石而户玉田』，亦見其風靡之盛矣。未流漸入於枯寂，於是張惠言兄弟起而振之，別輯《詞選》一書，以尊詞體，擬之『變風之義，騷人之歌』。周濟繼興，益暢其説，復撰《詞辨》及《宋四家詞選》以爲圭臬，而常州詞派以成。終清之世，兩派迭興，而常州一脈，乃由江浙而遠被嶺南，晚近詞家如王、朱、況、鄭之輩，固皆沿張、周之塗轍，而發揮光大，以自抒其身世之悲者也。然則詞學中興之業，實肇端於明季陳子龍、王夫之、屈大均諸氏，而極其致於晚清諸老，餘波至於今日，猶未全絶。論近三百年詞者，固當以意格爲主，不得以其不復能被管絃而有所軒輊也。物窮則變，來者難誣，因革損益，期諸後起。繼此有作，其或別創新聲，以鳴此曠古未有之變遷乎？是固非區區之所逆料，而三百年來詞壇盛衰之故，與世運爲倚伏，蓋庶幾於此帙覘之矣。一九四八年，季春之月，忍寒居士書於金陵病榻。

一九五六年三月三十一日，重訂付印

心緣物感，情隨事遷，風氣轉移，胥關世運。然而因革損益之故，固自有其消息可參也。喜見河清，境皆新闢。舊時選本，已多不適於來者之要求。頗思更就唐、宋以來，迄于近代，别選長短句歌詞二三百首，略加銓釋，藉供借鏡。而有懷未就，漸疚滋深。閑嘗得句云：『要將填海移山志，迸作鏘金戛玉聲。』倘爲讀吾兩種舊選者所共鞭策乎？

一九六二年七月十日，重校附記